CONTENTS

The bouquet of bright for you, that like asking for the moon

イラストレーション　中村ひなた
ブックデザイン　百足屋ユウコ＋モンマ蚕
（ムシカゴグラフィクス）

序章　深い闇

The bouquet of bright for you, that like asking for the moon

暖房が入っていないのか、効きが悪いのかは分からないけれど、古びたバスの中はとにかく寒かった。

小さく身を震わせて、私は車窓を見つめる。

人はおろか車すらほとんど通らない田舎道を、バスはもう何十分も走り続けていた。

色褪(あ)せて赤茶けたアスファルトはあちこちひび割れて捲(めく)れ上がり、路面の凹凸をタイヤが拾うたびに車体は激しく上下する。その動きに合わせて、窓枠に軽く凭(もた)せた頭もぐらぐらと揺さぶられるので、外に向けた目の焦点は一向に定まらなかった。

私は小さく息を吐き、景色を見るのは諦(あきら)めて視線を戻す。

冷気がこびりついたような車内の乗客は、まばらだった。前方に腕を組んで目を閉じているスーツのおじさんと、手押し車の持ち手を握りしめて足下に目を落とすお婆さん、真ん中あたりにイヤホンをしながらスマホをいじっている女子高生が座っているだけ。そして私たちは、最後尾のベンチシートに並んで腰かけていた。

隣をちらりと見る。彼の顔は私とは反対側の窓に向けられていて、表情を確かめることはできない。バスが揺れるたびに肩と肩がぶつかるけれど、彼は無反応だった。もしかしたら眠っているのかもしれない。

形のいい薄い耳と、ぼさぼさの後ろ頭をじっと見つめる。

以前はいつでも隙なく綺麗(きれい)に整えられていた襟足が、今は伸び放題になった髪に隠されていた。それが彼の投げやりな心情をそのまま表しているようで、見ていられない気持ちになる。

私はまた軽く息を吐いて、外に視線を向けた。

車窓を流れる景色は、どこまでも続く冬枯れの田圃(たんぼ)と、それを取り囲むようにそびえる薄く雪をかぶった山々。まるで異世界に来たかのような錯覚に陥る。電車とバスを乗り継いでほんの半日ほどでこんなに遠くまで来られるのか、と妙に感慨深い思いに包まれた。

目を上げると、線状の白雲が中空を切り裂くように細く伸びていた。飛行機雲だ。

その尾のあたりが淡いオレンジ色に輝いていて、いつの間にかとっくに昼は終わって世界に夜が訪れつつあるのだと知る。

視線を落とすと、遠い山の狭間(はざま)は鮮やかな夕焼け色に染まり始めていた。

あたりには街灯も建物も見当たらない。きっとこのあたりの夜は、ぞっとするほど闇が深いのだろう。

いつだって闇はこっそりと忍び寄り、私たちは知らぬ間に光を見失ってしまう。

眩(まばゆ)いほどに輝き続けていた彼の光が、ある日突然なんの前触れもなく、一瞬にして奪われたのと同じように。

白線の先端にどんなに目を凝らしても飛行機の姿は見えず、風に流されて形を保てなくなった雲が頼りなく拡散していくだけだった。

よるべない、という言葉がふいに浮かんで、脳裏に染みついたように消えなくなる。

機体を失った飛行機雲は、まるで今の私たちの心境を表しているようだ。どこに向かえばいいのか、何を確かなものとして信じればいいのか、何ひとつ分からない。

私たちは、このバスの行き先を知らない。ここがなんという土地なのかも知らない。ただ、適当な駅で電車を降りて、いちばん近くにあった停留所にいちばん初めにやってきたバスに乗り込んだだけだ。

降車ボタンが押されてベルが鳴り、バスが止まる。スーツのおじさんが降りて、杖(つえ)をついたお爺(じい)さんが乗ってきた。お婆さんの知り合いらしく、通路を挟んだ座席に腰を下ろして何か話を始める。

バスが再び走り出した。輪郭のぼやけた落陽が山の端にじりじりと隠れ始め、最後の光が窓から射し込んで車内を明々(あかあか)と照らし出す。白いシートカバーも、吊革(つりかわ)や床や運転席も、壁に貼られた広告も、女子高生のリュックも、お婆さんの白髪頭も、お爺さんのシャツも、何もかもが夕焼け色に染まる。

私は知らず知らずのうちにまた隣に目を向けていた。彼はこちら側に少し首を傾けていて、今度はその横顔がよく見えた。ぴくりとも動かない頰と緩く閉じた瞼(まぶた)は透き通りそうなほど白く、細い血管が青く浮かび上がっている。そしてそれらの全てが炎にあぶられたように赤く輝いていた。

沈む直前の太陽は、どうしてこんなに赤いんだろう。

赤は生命の色、活力を与える色だと言うけれど、とてもそんなふうには思えなかった。どこもかしこも真っ赤な夕映えの景色はむしろ、まるで不気味な世界の終わりのようだ。

そのせいだろうか。だらりと座席に凭れたまま力なく目を閉じている彼が、今にも消えてしまいそうな、どこか遠くへ、手の届かないほど遠い場所へと連れ去られてしまいそうな気がして、そんな不安が私の口を押し開いた。

「真昼くん……寝てるの？」

小さく訊ねると、彼はゆっくりと目を開けた。瞼の隙間から、淡い瞳が現れる。

「……起きてるよ」

真昼くんは魂が抜けたような眼差しで車内を眺めながら、ぽつりと答えた。

「でも、ちょっと、うとうとしてた……」

乾いた唇から洩れたのは、蚊の鳴くような細い掠れ声だった。

以前は誰もがうっとりと聞き惚れるつややかな声をしていたのに。その美しい声さえも彼の努力によって保たれていたのだと、こんな形で知ることになるなんて、思いもしなかった。

そんな物思いを悟られないように、私は表情と声色に最大限の注意を払う。

「バスとか電車って、なんか眠くなるよね」

明るさを心がけて言うと、彼の虚ろな目が私を見た。いつも宝石のようにきらきらと輝いていた瞳は、すっかり光を失っていた。

でも、思わず見とれてしまうほど綺麗なのは、今も変わらない。きっと彼の瞳は、その美しい心を映す鏡だから。輝き続けるために一切の妥協もなく自分を磨いてきた、どんな目に遭っても決して恨み言なんて吐かなかった、誠実で、無垢で、誰よりも清廉な心。

「なんで眠くなるのかなあ。エンジンの音とか振動が心地いいからかな」

私の言葉に、真昼くんが小さく口許を緩めた。

「……いや、心地いいってレベルじゃないだろ、この揺れ」

皮肉っぽく笑う、懐かしい表情。

「こんなん、ジェットコースターのほうがまだましだって。眠気も吹っ飛ぶわ……」

少しだけ、以前の真昼くんに戻ったように見える。棘だらけの蔓を巻きつけられた小さな鳥籠のようなあの世界から、遠く離れた場所へ来たからだろうか。

えいこ、という微かな囁きが私の鼓膜を揺らした。名前を呼ばれたのは、随分久しぶりのような気がする。

なに、と答えると、彼の頭がとん、と私の肩口にのった。

「……ちょっと肩、貸して」

「うん、どうぞ」

ふ、と真昼くんが笑みを浮かべる。

「別人みたいに素直で優しいじゃん」

少し考えて、失礼な、と返そうとしたそのとき、ふいに強烈な白い光に目を射貫かれた。

眉をひそめて前方を見ると、対向車のヘッドライトがバスのフロントガラスを真っ直ぐに貫いている。

私の腕に触れている真昼くんの肩が、びくりと震えたのが分かった。彼はぱっと下を向くと同時に、羽織っていたパーカーのフードを摑み、ぐいっと引いて目深に被る。

眩しすぎる光に怯える夜行性の動物のようなその横顔に、昨日の彼の姿が重なった。


『どこか、知らない場所に行きたい……』

表情を失くした青白い顔で、今にも消えそうな声で、彼はそう呟いた。

それは、光の当たらない場所に行きたい、という意味だと、私には分かった。

だからこそ悲しくて悔しくて、私は唇を嚙みしめた。

真昼くんは、眩い光を全身に浴び続けてきた人間なのに。これからもずっと光に包まれているべきなのに。

彼はいつだって誰よりも光り輝いていた。普通の人間なら足がすくんでしまうような厳しい場所にひとり立って踏ん張り続けてきた、選ばれた特別な人間だ。

そんな彼を、これほどまでに打ちのめした人々——彼に容赦なく泥を塗りつけた人、そんな彼の姿を見て冷酷に笑いながら石を投げつけた人、彼を絶望の淵に追い込んだ人、全てが私はどうしても許せなかった。憎くて憎くて堪らなかった。彼が憎まないから、恨まないから、せめて代わりに私がそうするのだ。

今すぐ飛んでいってひとりずつ殴ってやりたいと思った。でも、そんなことはできないし、やったところで彼は喜ばないと分かっていた。

だから私は、『行こう』と告げた。

『一緒に行こう。ここじゃないどこかに』

そう告げることだけが、暗闇に沈みかけている彼をほんの少しでも引き上げる手立てに思えたのだ。


そうして私たちは今朝、夜明けを待たずに始発電車に乗り込んだ。

だから、この旅に目的地なんてない。何の計画もなく、ひたすら北に向かってきただけ——問答無用に降り注ぐ太陽の光には背を向けて、自分の影を踏みながら歩くほうが、私たちにはお似合いだと思ったからだ。

知らない場所で、知らない人に囲まれて、どこに行くのかも分からないバスに乗っている。自分の存在さえ希薄に感じられる中で、肩に触れる真昼くんの頬の温かさだけが唯一確かなものだった。

彼は生きて、ここにいる。それだけでいい。強く強くそう思う。

背凭れにだらりと寄りかかっていた女子高生が身を起こし、イヤホンを外したのが目に入った。彼女が着ているのはブレザーの制服だった。紺色のジャケットと、青緑のチェックのスカート。

「うちの制服とちょっと似てるね」

もう何も怖いものはないと伝えたくて、あえてどうでもいいことを話しかける。

真昼くんは「ん?」と軽くフードを上げ、前方へ目を向けた。

「ああ…そうだな」

彼が言った瞬間、その声に反応したように女子高生が勢いよく振り向いた。そして、大きく見開いた目でこちらを見る。

私は反射的に彼のフードをつかんで引き下ろし、顔を隠した。でも、彼女はぱっと前を向き、スマホを操作し始める。

嫌な予感がした。考えるより先に手が動き、降車ボタンを押す。

「……降りよう」

低く告げると、真昼くんは俯（うつむ）いて小さく頷（うなず）いた。

彼女はそれから振り向かなかったけれど、スマホの画面がこちらを向いていた。インカメラにして私たちを写しているんじゃないか？　という疑念が湧き上がってくる。シャッター音が聞こえたような気がする。私は彼のフードをさらに深く引き下げた。

あてもない逃避行の非現実的な浮遊感から、一気に現実へと引き戻されるようだった。

もしも彼女が真昼くんに気づいていたとして、そして私たちを隠し撮りしたとして、彼女はその写真をどうするだろう。家族や友達に見せるだけならまだしも、ＳＮＳに公開してしまったら。しかもこの場所や時間まで拡散されてしまったら。それを見た誰かが私たちを探し出し、追いかけてくる可能性だってある。

どこまで行っても逃げられないのか。真昼くんの苦しみは永遠に終わらないのか。この夜は明けないのか。

私はぐっと唇を噛む。微（かす）かに血の味がした。

バスががたがたと揺れながら停まった。私たちは俯いたまま足早に精算機に向かう。女子高生の横を通るとき、ちらりと視線が送られてくるのを感じた。真昼くんは深く視線を落としていたので、伸びた髪に隠れて顔ははっきりとは見えなかったと思うけれど、それでも気が気ではなかった。

何千、何万という人々からの好意的な眼差しを受けてきた彼が、あの事件をきっかけに侮蔑(ぶべつ)と嘲笑(ちょうしょう)を隠さない目を向けられるようになり、そして今は無責任な好奇の視線を怖れなくてはいけなくなったのだ。

古文の授業で習った諸行無常という言葉が頭を過(よぎ)る。

でも、彼には何も非などない——確かに彼は罪を犯したけれど、その責任の所在は断じて彼にはなくて、罰を受ける必要など決してあるはずがない——のに、どうしてこんな目に遭わなくてはいけないのか、やっぱり納得などできなかった。

いくら永遠に変わらないものはないとしても、並外れた努力によってひとつずつ地道に誠実に積み重ねたものは、自ら壊さない限りは崩れることなく続いていくべきではないのか。

何度目かも分からない怒りが心の中で暴れ回り、苦しくてたまらない。

私たちを降ろしたバスは、夕暮れの空気にエンジン音を響かせながら薄青い闇の中へと消えていった。バスのテールライトがなくなると、一気に暗くなった気がした。

その停留所は、雨風をしのぐ屋根もなく、道端にぽつんと佇(たたず)む標柱と、誰かが家から持ってきたらしい古い不揃いの木椅子が二脚置かれているだけだった。

視線を巡らせても、ただ薄暮の景色が広がるだけで、細い電柱と電線以外には田圃と山しか見えなかった。

本当に何にもない町だ。こんなに自然ばかりの場所に来たのは生まれて初めてだった。

心細くないと言ったら嘘になるけれど、きっと真昼くんにとっては、これくらい人の気配が感じられないところのほうが、人目を気にせずにすんで居心地がいいだろうと思う。

「これからどうする？」

特に答えを求めるでもなく小さく訊ねると、ぼんやりと空を見上げていた彼が「そうだな……」と小首を傾げた。目の前の分かれ道をじっと見つめる。

「とりあえず、歩くか」

「どっちに？」

「どっちでも……」

ゆっくりとこちらに向き直って答えたあと、彼は「コイントスでもするか」と呟いた。財布から百円玉を取り出すと、親指の爪の上にのせて軽く跳ね上げ、両手ではさむように受け止める。

「表なら右、裏なら左に行こう」

「了解。どっち？」

開いた手のひらには、桜の花が咲いていた。

「表だね」

私が呟くと、彼が軽く眉を上げた。

「いや、裏だろ」

「え、そうなの？　絵が描いてあるほうが表と思ってた」

「ええ？　普通、数字のほうが表だろ」

「そうなんだ。なんか絵のほうが表紙っぽいから表だと、てっきり」

「お前らしいな」

真昼くんはおかしそうに笑った。

「私らしい？　どういう意味？」

「表紙とか言うからさ。さすがロマンチスト」

「ロマンチスト？　……そんなこと初めて言われた」

どちらかと言えば自分はシビアな現実主義者だと思っていた。そう伝えると、彼はまた笑う。

「影子(えいこ)は、現実主義者のふりをした理想主義者だろ」

私は思わずぱちぱちと瞬(まばた)きをする。

「そうかなあ……」

自分について、自分とは全く違う評価を他人から下されるというのは、何だか妙にくすぐったかった。

彼の目には、私はどんなふうに映っているのだろう。そんな確かめようのないことをふと思う。

もしかしたら、みんなそうなのかもしれない。

たとえば真昼くんだって、私が思う彼とは違う姿を、彼自身は思い描いているのかもしれない。

他人には自分の本当の姿は見えないということかもしれないけれど、逆に自分には見えない自分を他人は知っているとも言えるのかもしれなかった。

「じゃあ、行くか」

そう言って真昼くんが歩き出したのは、右の道だった。

「え、ちょっと待って、裏でしょ？」

思わず制止すると、いや、と彼が首を横に振った。

「表ってことにしよう。ちゃんと調べてみたら意外と影子の説が合ってるかもしれないしな」

「ええ……適当だなあ」

「いいんだよ、そもそも適当な旅なんだからさ」

「まあ、確かに」

インターネットで検索すれば、きっとすぐに硬貨の表裏についての正しい情報が得られるだろう。でも、私も彼も、一言もそんなことは口にしなかった。

鞄(かばん)の中には一応スマホが入っているけれど、親に安否の連絡をする時以外はずっと電源は切っていたし、その姿を見たくもないというのが本音だった。一瞬にして世界中の人の無責任な発言に繋(つな)がることのできる機械に、私は心底疲れ切っていた。きっと彼も同じだろうと思う。

何にもない一本道を、ふたり並んで歩く。

時間は余るほどにあるので、ゆっくり、ゆっくり足を動かした。

あたりはみるみるうちに暗くなっていく。夕焼けの色はもう西の果ての山際にほんの少し残っているだけで、東の空は深い青に染まっていた。向かう先は青い薄闇に沈んで、何があるのかもはっきり見えないほどだ。

三十分ほど経って、完全に夜の帳(とばり)が下りたころ、道の先の闇がひときわ濃くなった。

近づくにつれて、トンネルになっているのだと分かった。それほど長くないのか、それともほとんど使われていないからか、照明はついていない。

真っ暗だった。今にも飲み込まれそうなほどに真っ黒な闇が、ぽっかりと口を開けている。

どちらからともなく足を止めた。トンネルの入り口に言葉もなく佇む。

「このトンネルを抜けたら……」

真昼くんがふいにぽつりと言った。

隣を見上げると、彼はじっと闇の先を見据えたまま続けた。

「この真っ暗闇の先には、何があると思う？」

私は少し考えて、正直に答えた。

「分からない」

彼はふっと吐息だけで笑った。

「お前のそういうとこ、いいな」

「……そういうとこって？」

「トンネルを抜けたらきっとこの世のものとは思えない綺麗な景色が広がってて……みたいな、ありきたりな夢物語を言わないとこ」

私もふっと笑う。

「言うわけないじゃん、そんな無責任なこと。自称現実主義者だもん」

「……でも、適当に慰めたりしないとこ、今の俺にはすごく心地いいよ」

真昼くんが囁（ささや）くように、噛（か）みしめるように言った。

なんだか照れくさくて、私は「そう」とだけそっけなく答えた。

明けない夜はない。いつか冬は終わり、春が訪れて雪解けを迎える。雨が上がったら綺麗な虹が出る。真っ暗闇のトンネルを抜けたら、光射す世界が待っている。未来はきっと明るい。

耳にたこができるほど聞いてきた、希望に満ち溢(あふ)れた言葉たち。

何て陳腐で薄っぺらいんだろう。クソクラエ、と私は心の中で呟いた。

世界は理不尽でできている。どんなに頑張ったって報われないこともある。何にも悪いことなんかしていない人が無残に殺されてしまうこともある。みんなから尊敬され慕われていた人が、重い病気にかかって苦しみながら、若くして死ぬこともある。

世界はいつだって不条理で非情だ。まだ十七年しか生きていない私にだってそれを理解できるほど、そこかしこに理不尽は落ちている。

終わらない闇があること、永遠に溶けない氷があること、生まれてから死ぬまで光の当たらない場所で生きていくしかない人たちがいること、どん底に突き落とされて絶望にうちひしがれながら死んでいく人がたくさんいることを、私はちゃんと知っていた。

でも、闇の中にいる不安や恐怖を、ほんのひとかけらだけでも消し去る方法だって、私はたぶん知っている。

そのために、私は彼と一緒に街を出たのだ。

立ち止まったときと同じようにどちらからともなく、私たちは深い深い暗闇に向かって歩き出した。

一章　遠い隣

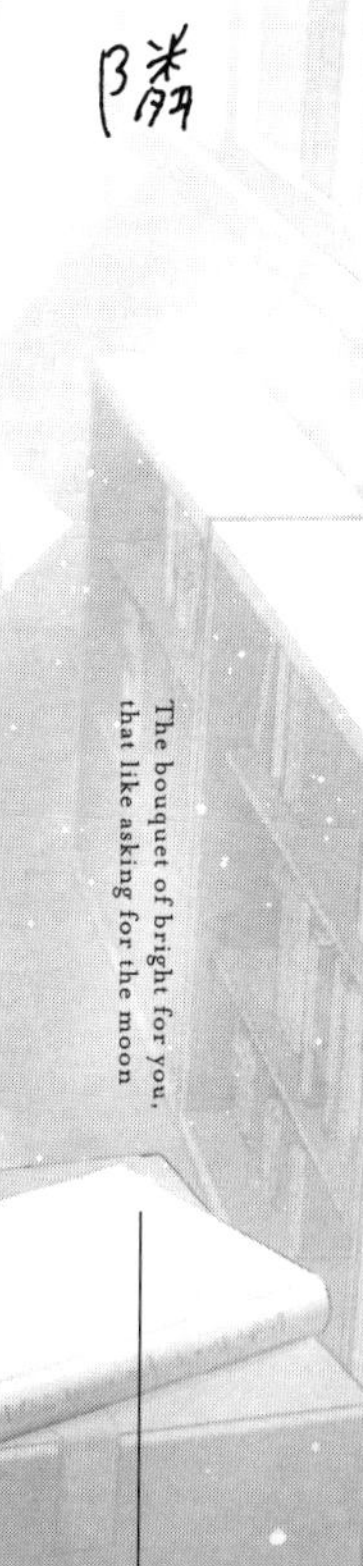

The bouquet of bright for you,
that like asking for the moon

席替えとは、今後の明暗を決定的に分ける運命の大事件、と言っても過言ではないと思う。

どの席になるか——窓から何列目の前から何番目か、だけでなく、前後左右に座るのは誰か、気になる人の姿が視界に入れられる位置か、苦手な子と接触しないで済むか。それら全ての要素が絡み合って、これから先約二ヶ月の学校生活が決定づけられる。

新しい席になった瞬間に、世界が変わる。教室が別世界になる。

しかもその行方を自分の力で左右することはできず、全ては運によって決まる。

言うなれば、席替えは誰かが勝手に起こした革命のようなもので、私たちは無力な一市民だ。唐突な変革のあと、世界は劇的に良くなるかもしれないし、劇的に悪くなるかもしれない。

それでも私たちは、強制的に与えられた新たな現実を、ただ受け入れることしかできない。

近くに仲のいい友達が座れば天国だし、親しく話せる子が周りにひとりもいなければ地獄だし、仲良しのふりをしているけれど本当は大嫌いな人が隣になったりしたら、もっと地獄。

好きな人と少しでも近づけたら天国だし、離れて顔も見えない位置になったら地獄だし、彼の近くに自分よりもずっとずっと可愛い子がいたら、もっと地獄。

でも、そこが天国だろうが地獄だろうが、私たちは決められた場所に座るしかないのだ。

そして本日、二学期最初の席替えを迎えた私は今、まさに地獄に落とされたところだ。

小さく折り畳まれたくじ紙を開いて番号を確認し、廊下側のいちばん後ろの席を引き当てたと分かったときには、念願叶(かな)って天にも昇るような気分だったのに、新しい席に移動して周囲をチェックした瞬間、世界は一気に暗転した。

ちなみに好きな人は特にいないので、片想いの相手から遠い席になったから、などといった可愛らしい理由ではない。

むしろ、真逆だ。

「うわー、俺また二番目なんだけど！　寝れないじゃん！」

「俺いちばん後ろー、イェーイ」

「誰か席交代して！」

「やったー、隣だね！」

「また離れちゃったー！」

「先生ー、早く次の席替えして下さーい！」

新しい座席で悲喜こもごもの声を上げるクラスメイトたちの騒がしさをいいことに、私は隣席をちらりと見て大きな溜め息を吐き出した。

ぴんと背筋を伸ばしきって、書道の教科書の最初のページにでも載っていそうな真っ直ぐな姿勢で座っている男子。

姿勢だけでなく、その横顔もまるで彫刻作品のように端整なつくりをしている。

鈴木真昼。私がこのクラスでいちばん隣に座りたくなかった人物だ。

絶望を顔に出さないように必死に耐えていると、ふいに「おっ」と声が聞こえてきて、荷物を抱えた男子が私の前の席に座った。

「真昼近いじゃん、ラッキー」

にっと笑って言ったのは、彼とよく一緒にいるグループのひとり、山崎くんだった。

「授業で分かんないとこ当てられたら、よろしくな！」

「うん、もちろん。俺で分かることなら」

鈴木真昼は穏やかな笑みを浮かべて答える。そのままふたりは何か話し始めた。

周囲に座る生徒たちもそれぞれに、新しく近くの席になった人と喋っている。

でも、よく見ていると明らかに、お喋りに興じるふりをしながらも彼のほうへちらちらと視線を送っては、堪えきれないように口許を微かに緩めているのが分かった。

顔には出さないけれど、完全に色めき立っている。

それもそうだろう。なんせあの鈴木真昼が半径二メートル以内にいるのだから、興奮を抑えきれないのだ。

同じ高校、同じ学年、同じクラス。でも、彼の存在感は群を抜いていて、とにかく格別だった。座っているだけでも、なぜか妙に目を惹く。立ち上がりでもしたら、自然とクラス全員の目が吸い寄せられてしまう。

彼の一挙手一投足を、みんなが気にしている。

陳腐な言い方だけれど、オーラというやつなのだろう。

「染矢さん」

私の思考を遮ったのは、春の空気のように甘く柔らかく、それでいて真夏の陽射しのようにくっきりと鮮やかな声だった。

反射的に目を向けると、鈴木真昼がこちらを見ていた。作りものみたいに綺麗な顔に、内側から光が溢れ出すようなきらきら輝く笑みを浮かべて。

「話すの、久しぶりだね」

まさか話しかけられるとは予想していなかったので、驚きと動揺が私の喉を軽く締めた。何とか声を絞り出して、「ああ」と間抜けな返事をする。

「うん……そうだね」

彼と言葉を交わすのは、五月以来だった。

私たちは出席番号――うちの高校の名簿は男女混合で作られている――が十三番と十四番で

並んでおり、新年度の座席表は番号順だったので、前後の席に座っていたのだ。それで必然的に何度か話をしたことがあった。

と言っても、ほんの二、三回、「次の移動教室どこだっけ」とか、「英単語テストの範囲、分かる？」などと彼に訊かれて答えたくらいで、会話とも言えないようなものだった。

たったそれだけのことなのに、誰もが認める《主人公》の彼が、平凡で地味な《脇役》の私と交わした取るに足らないやりとりを、よく覚えていたものだ。即座に記憶から抹消されたっておかしくないのに。

『顔だけでなく性格も完璧』という彼の評判は、こういうさりげない言動によって得られたものなのだろう。

「これから隣同士だし、色々よろしく」

私の湿っぽい考えなどつゆ知らず、鈴木真昼は初夏の風のように爽やかな笑顔と口調で言った。

「色々って……」

私が思わず訊き返すと、

「染矢さんって、国語も英語も得意でしょ。俺苦手だから、分かんないとこあったら、よろしくね」

「いやいや……私なんて平均点に毛が生えたくらいのものだから、鈴木くんに教えられるようなことないよ。……こちらこそ、理数系よろしく」

なんとか平静を装って、当たり障りのない返答をしてみたものの、落ち着かない。

強ばった作り笑いを浮かべた私は今、さぞ見苦しい顔をしているのだろう。そんな考えが頭をよぎるともう、これまでの人生で見てきた中でいちばん綺麗なその顔を直視することなどできるわけがなくて、私は急ごしらえの笑顔を貼りつけたまま、すっと顔を背けた。

　お願いだから、もう話しかけないで。そう心の中で懇願しながら荷物の整理をしていると、ふいに担任が「そろそろ体育館に移動するぞ」と声を上げた。これから全校集会が行われることになっているのだ。

　私はほっと息をついて席を立ち、足早に出口へと向かった。ドアを開けた瞬間、冷房のきいた室内とは全く違う、湿っぽい熱を孕んだ廊下の空気がむっと押し寄せる。

　思わず眉をひそめたとき、後ろから「ちょっとー、影子！」と呼ばれた。クラスでいちばん仲のいい遠藤羽奈の声だった。

　私が立ち止まって振り向くと、何だか慌てふためいた様子で駆け寄ってくる。

「羽奈……どうしたの？」

「どうしたの、じゃないよ！」

　彼女は興奮を隠さないテンションで私の両肩をがっしりとつかんだ。

「影子、真昼くんの隣だったじゃん！」

「あー、……うん、そだね」

「マ、ジ、で、羨ましいっ！」

　私は思わず小さく噴き出してしまう。

　たぶんクラスのほぼ全員が――女子だけではなく恐らく男子も、鈴木真昼の隣の席をゲットした私を、心の中では羨ましく思っているだろうけれど、さすがに誰も顔や口には出さなかった。

でも、羽奈は違う。変に格好をつけたりせず、面と向かってその思いを口にする彼女は、本当に素直で正直で、憎めない性格だなと思う。

ただ、誰もが羨むあの席は、私にとっては精神衛生上非常によろしくない場所なのだけれど。

「いいなあ、影子。最初の席でも前後ろだったのに、今度は隣とか！　運よすぎ！　前世でどんだけ徳積んだの？　これから二ヶ月近く、あの天然記念物級にキレーな横顔をいつでも好きなだけ見つめ放題でしょ。羨ましすぎるんだけど！」

羽奈は私の腕にしがみつきながら早口に捲し立てる。

私は堪えきれない笑みを口許に滲ませつつ、彼女と一緒に人波に乗って歩き出した。

「私も一度でいいから真昼くんの隣に座ってみたーい！　次の席替えのときは神社でご祈禱とかしてもらおうかなあ」

「ご祈禱って。渋いな」

またしても噴き出した私の反応にもめげずに、彼女はさらに続ける。

「真昼くんとお近づきになりたい、なんて高望みはしないからさあ、せめて不自然にならない程度にあの顔をじっくり拝める位置に陣取ってみたいわけよ。だって、テレビの向こうにいるはずの人間を、生で！　肉眼で！　見れるんだよ？　クラスメイトの特権じゃん！」

「あはは……まあ、そうだよね」

私は羽奈の言葉にこくりと頷いた。

まるで夢物語のような話だけれど、クラスメイトの鈴木真昼は、いわゆる『芸能人』だった。本格的な歌とダンスが売りの人気アイドルグループ、〈chrome〉のメンバーで、最近はソロシンガー、若手俳優としても活動している。テレビで見ない日はない、というくらいの売れっ子なのだ。

そんな彼が、なぜか芸能コースの存在で有名な某高校ではなく、ごく普通の私立高であるうちの学校に通っているのだ。

合格者説明会の朝、たくさんの新入生に交じって彼が体育館に現れたときのどよめきは、それはそれは凄まじいものだった。

「あの鈴木真昼がクラスメイトなんて、確かに日本中の女子が悲鳴あげちゃうような環境ではあるよね」

私の言葉に、羽奈が「ほんとそうだよ！」と力強く頷いた。

「真昼くんって呼んでることなんか知られたら、ボコボコにされかねないって」

真昼くん、という呼び方は、うちのクラスの女子のほとんどが採用しているものだ。ちなみに男子はたいてい『真昼』と呼び捨てにしている。

というのも、クラスに鈴木姓の男子がふたりいて、分かりやすく区別する必要があるためだ。だからみんな当たり前のように親しげな呼び方をしているわけだけれど、これもクラスメイトの特権というやつか。

芸能人としての彼は、テレビでもＳＮＳでも『真昼』と呼ばれることがほとんどだけれど、現実の知り合いとして下の名前で呼ぶというのはハードルが高い。その証拠に、他のクラスの人たちは『鈴木くん』と呼んでいた。もちろん、彼に話しかける勇気と図太さを持った人はそれほど多くはなかったけれど。

でも、実際彼は、現役アイドルでありながら、下の名前で気安く呼んでもにこにこと許してくれるような、穏やかで優しげな雰囲気を常にまとっていた。

階段はぞろぞろと階下に向かう生徒たちで埋め尽くされていた。なんとか隙間を見つけて身体をねじ込み、流れに乗る。

ふと前方に目を向けると、ひとつ先の踊り場に、鈴木真昼の姿があった。

私も含めてみんなぐちゃぐちゃに人波に揉まれているのに、彼の周りにだけはぽっかりと空間が空いている。もしもぶつかって怪我でもさせてしまったら、大騒ぎになるのが目に見えているからだろう。

「おーい、真昼！　ちょっと待って」

私たちの背後から叫んだのは、山崎くんだった。鈴木真昼は顔を上げて彼の姿を確認すると、周りの邪魔にならないようにさっと身体を壁際に寄せて立ち止まる。

自然、階段を降り続ける私たちとの距離が縮まった。

どたどたと降りてきた山崎くんが私たちを追い抜き、彼の隣に辿り着く。

「ごめんごめん、体育館シューズが見つからなくってさ」

「いいよ、俺こそ先に行っちゃってごめん」

そんなやりとりをしながら彼らは歩き出した。

ちょうど私たちの目の前の波に乗った形だ。

「うわっ、近い！　近いよ！」

羽奈が興奮ぎみにひそひそと耳打ちしてきた。

鈴木真昼の近くを歩くと、ひしひしと感じる。一年生、二年生、三年生、あちこちから送られてくる視線。控え目な歓声。ときどきシャッター音まで聞こえてくる。隠し撮りだ。

彼はいつもこういうものを浴びながら行動しているのだろうか。学校の中でさえこうなのだから、街など歩いたら大騒ぎだろう。

芸能人も大変だね、と心の中で勝手に労う。

それにしても、クラスメイトというのは不思議だ。テレビに映るアイドルとしての彼のことは、たぶんみんな憧れの眼差しで見ているはずだ。でも同じ教室にいるとなると、何というか身内感のようなものがある。

たとえば親族や近所に芸能人がいたとして、生で会えたからといって多分いちいち歓声を上げたりはしないのと一緒で、私たちのクラスも鈴木真昼のことで騒ぐのはご法度というか、『あえて普通に接することにしよう、それが常識でしょ』という空気なのだ。

だから普段は他の生徒たちに対するものと変わらない対応をしているけれど、内心ではみんな羽奈と同じように、近くにいたり目が合ったりするだけでテンションが上がっているのは、少し見ていれば明らかだった。

かく言う私も最初のころは、テレビで見ていた芸能人がクラスにいるという奇妙な現実に、何度も彼の顔を盗み見たりしていたけど、そんな現実にも慣れてきてからは、彼を見ていると胸がざわつくようになり、むしろなるべく視界に入れないように生活してきた。その原因が私自身の心にあることは、自分でもよく分かっている。

体育館前に着いて、上履きを脱いで体育館シューズに履き替える。

開け放たれた出入口から中に入ると、高い天井に反響したざわめきが雨のように降ってきた。壇上から体育の先生がマイク越しに「時間だぞ、急げ、止まるな」と叫んでいた。

千人を超す生徒たちでごった返す中、真ん中あたりを目掛けて突き進んでいく。

二年生は上級生と下級生に挟まれる形で整列しなければならず、夏休みが明けてもまだまだ猛暑の名残が色濃い今の時期は、ひどく暑苦しく不快だった。

前方に並ぶ羽奈と離れてから、だいたいの自分の場所を見定めてとりあえず腰を下ろす。

しばらくすると、隣に鈴木真昼がやってきた。集会などではクラスごとに男女別の列を作って座るので、私と彼は隣同士になるのだ。月に一、二回の集会で隣になるのはまだ耐えられたけれど、教室の席まで隣になってしまい、私の憂鬱(ゆううつ)は加速した。

鈴木真昼が姿を現した瞬間に、いつも通り無数の視線が四方八方から飛んでくる。他の組の生徒や先輩たちまで、用もないのにうちのクラスのあたりをうろつき、ちらちらとこちらを見ている。

その視線は、どれもこれも私を通過して、彼だけをとらえているのが分かる。まるで自分が幽霊か透明人間にでもなったかのような気分だった。

これが教室に戻ってからも続くのだと思うと、心底うんざりだ。きっとこれから二ヶ月の間ずっと、廊下から鈴木真昼の姿を覗(のぞ)き込む人々の目に、私は無視され続けるのだろう。私という存在を透過する視線。

「また隣だね」

私の思考は、再びその声に遮られた。ゆっくりと目を上げると、さっきと変わらない、穏やかで爽やかな笑顔がこちらを向いている。

「……あー、そうだね」

鬱屈した考えの余韻から脱け出せず、ぼんやりと曖昧に答えると、ふっ、と彼の唇から笑いが洩れた。

「すごくどうでもよさそう」

誰をも惹きつける笑顔のまま、彼が静かに言った。

思わず「え」と声を上げた瞬間、誰かに呼ばれて彼は振り向いた。

痛いほど澄んだ真っ直ぐな眼差しから逃れられて、ほっとする。それで、ついさっきの彼の言葉についてはすぐに忘れてしまった。


集会のあとは、恒例行事の身だしなみ検査が行われた。

男子と別に一列に並べられ、胸元のリボンの長さやスカート丈、ブラウスの中に着ているインナーの色、髪色と髪型、ネイルやピアスをしていないかなど、ひとりずつ点検されていく。いつものことながら、工場のベルトコンベヤーの上に載せられ、不良品チェックを受けている機械の部品みたいな気持ちになる。

ちらりと視線を流すと、左右にずらりと並んだ女子たちはみんな同じ制服を着て同じシューズを履き、真っ黒な髪を似たような無難な髪型にして、まさに判で押したように《同じ》だった。薄目で見ればきっと誰が誰だか分からないだろう。金太郎飴のよう、という表現がぴったりだと思った。

そして私ももちろん、無数の飴のうちのひとつ。むしろ、誰よりも《完成見本》に近い飴だと思う。悪目立ちせず、定められた枠の中にきっちり収まる。先生たちからしたら、手間のかからない『いい生徒』だろう。

案の定、生徒指導の先生はほとんど素通りと言ってもいいくらいの素っ気なさで私のチェックを終えた。指を見せてネイルをしていないかチェックされることも、髪を耳にかけてピアスホールがないかを確認されることもない。

きっと私は安全パイだと——こいつは規則を破るような度胸なんてないだろうと思われているのだ。

そんな考えが浮かんで、胸がちりりと焦げるような感じがした。

あとは残りの人たちの検査が終わるまで待つだけだ。手持ち無沙汰に視線を泳がせ、向こうで点検されている男子の列になんとなく目を留める。そして、見るつもりなんてさらさらなかったのに、まるで磁石のように鈴木真昼の横顔に目が吸い寄せられた。

均整のとれた身体をすっと伸ばして、穏やかな笑みを浮かべたまま前を見つめているその姿は、楽しげに悪ふざけをして騒いでいる周りの男子たちには悪いけれど、まるで雑草の中に一本だけ凛と咲いた花のようだった。

特別、と私は小さく呟いた。彼を見るたびに頭に浮かぶ言葉だった。

紛れもなく、彼は《特別》な存在だった。テレビの中で歌ったり踊ったり演じたりしていなくても、ただそこに立って息をしているだけで、きっと誰の目にも明らかに《特別》だ。

二階のギャラリーの上の窓から入り込む陽射しが、まるでスポットライトのように彼を照らし出し、真っ白なシャツに反射した光は真っ直ぐにこちらへ向かってくる。

攻撃的なほどの眩しさに、私はそっと目を背けた。


放課後、羽奈から「お茶しようよ」と誘われて、一緒に学校を出た。

駅前のファストフード店に入り、レジでフライドポテトとジュースのセットを買って、混み合う店内でなんとか見つけた空席に陣取る。

「それにしてもさ」

しばらくとりとめのないおしゃべりをして、先週の実力テストについての話が一区切りついたとき、ふと羽奈がそう言った。

「影子にはもう何回も言ってるけどさ、クラスに芸能人がいるとか、ほんとケータイ小説もびっくりの展開だよね」

私は笑って「そうだよね」と頷く。

彼女が少女漫画やドラマと言わずケータイ小説と表現したのは、私たちの接点がそこにあったからだ。

　私と羽奈は、一年生のときにケータイ小説をきっかけに親しくなった。クラスは違ったけれど、たまたま学校の図書室で同じ棚を物色していたときに、『こういうの、よく読む？』と声をかけられたのだ。

　雑食で本ならなんでも読む私が頷いて『あんまり詳しくはないけど』と答えると、彼女は嬉(うれ)しそうに笑って、おすすめの作品をいくつか教えてくれた。それから急速に仲良くなった。

　私の周りには、ケータイ小説に限らず本を読む人自体いなかったので、私にとっても嬉しい出会いだった。二年生になって同じクラスになったときは、手を合わせて喜び合ったものだ。

　出会ってすぐのころ、羽奈が《アメジスト》という小説サイトを紹介してくれた。私もすぐに彼女に教えてもらいながらユーザー登録をして、この小説が面白かった、あの作家が好みに合いそうだよ、などと毎日のように情報交換をしてきた。ついでにアメジスト用のツイッターアカウントも作り、他のユーザーともネット上で交流している。

　私は小説の執筆はせず、気ままに好みの作品を漁(あさ)るだけの読み専だけれど、彼女は小説の投稿やコンテストへの参加もしているらしい。

「もし鈴木くんを小説にするとしたら、どんなストーリーにする？」

　ふと思いついて訊(たず)ねてみると、羽奈はきらりと目を輝かせ、水を得た魚さながらに語り始めた。

「そうだな、まずはタイトル、『みんなの王子様に、なぜか溺愛(できあい)されてます』かな！　せめて創作の中くらい大人気アイドルから愛されてみたいもんね。それで表紙のキャラ紹介では、

『鈴木真昼、高校二年、現役アイドル。容姿端麗、頭脳明晰、成績優秀、文武両道、才色兼備、品行方正、聖人君子、完璧王子』……やばい四字熟語止まらんし！　ウケる！」

羽奈は楽しそうに頰に手を当て、声を上げて笑った。私も笑いながら、拍手をする。

「よくそんなにどんどん言葉が出てくるね。すごい、さすがだね」

私の言葉に、彼女は照れたように首を振った。

「いやいや、普段はなかなか思いつかなくて、めちゃくちゃ悩みながら書いてるんだよ。今のは、モデルが圧倒的にすごいから、真昼くんのこと考えたらすらすら出てきたってだけ」

「へえ、そういうものなんだ」

「だって、真昼くんって本当にすごくない？　漫画にもなかなかいないよ、あんな顔も中身も誰が見ても完璧な王子様なんて！」

完璧な王子様、という言葉は、確かに鈴木真昼を表現するのにいちばんしっくりとくるものだと思う。

彼はデビュー当時から『天然記念物級イケメン』と騒がれ、SNSなどでも『一生眺めていたい顔』だとか、『眩しすぎて直視できない』だとか言われているのをよく見る。

それは世間一般のイメージだけれど、学校でも彼の評価は変わらない――どころか、それ以上に崇められていると言っても過言ではない。

もちろん顔もスタイルも抜群な上に、勉強もできてスポーツ万能、さらに性格もよくて人当たりまでいい、と誰もが口を揃える。男女問わず、上級生にも下級生にも人気があった。

こんなに何でも持っている人間が本当に実在するのか、と何度見ても自分の目を疑ってしまう。

　でも、いるのだ。同じクラス、しかも私の隣の席に。

「そんな大人気の王子様な彼と、地味子な私、一生話すこともないと思ってたのに、なぜかある日突然彼に呼び出されて、しかも告白されて……!?　って感じであらすじ紹介して、本文スタート！」

　羽奈が人差し指を立ててにやりと笑った。

「主人公は本当はみんなと同じで彼のことが気になってるんだけど、わざと彼のことなんて全然興味がない、って顔してるの。だって、絶対いつかめちゃくちゃ可愛い子と付き合っちゃうんだから、そのときショック受けたくないじゃん？　だから彼のことは好きにならないようにするの。でも、急に彼のほうから主人公に近づいてきて、『なんでお前、他の女みてえに俺のこと好きじゃねえの？』って顎クイされちゃって！　なんと彼の本性はドS！　そんで『いつか好きにさせてやる』とか言われちゃったりして！　聖人君子な超絶イケメンが隠れドSとか最高じゃない？　ギャップ萌え！　そんな俺様な彼が、自分になびかない主人公のこと好きになって、どんどん惹かれていって、溺愛しちゃうの。『誰にも渡さない！』みたいな」

　羽奈が紡ぎ出す物語が、鈴木真昼の顔で再生される。相手役は私みたいに地味で平凡な女の子。

　脳裏にその映像が過った瞬間、せっかく私のリクエストに応えてストーリーを考えてくれた彼女に申し訳ないと思いつつも、私は「ないない……」と手を振ってしまった。

　それでも彼女はめげずに顔を輝かせて続ける。

「いやー、分かんないよ？　人生は何が起こるか未知数なんだから。私にだって影子にだって、ドラマみたいにロマンチックなことが起こる可能性はあるんだから！　それこそ真昼くんに溺愛されちゃうとかさ。なんせ隣の席なんだし！」

「いやいや、私に限ってはそれはない、それだけはない、あるわけない、百二十パーセントない」

思わず全力で否定してしまった。

羽奈が気を悪くしたのではないかと焦ったけれど、彼女はけらけら笑いながら「どんだけ必死やねん」とおどけてくれて、ほっとする。

「でもさ、まあ、アイドルと恋なんて夢のまた夢って分かってるんだけど。そりゃあ好きになっちゃうよね、真昼くんみたいな完璧な人が身近にいたらさあ」

「……んー」

正直なところ、全く共感できなかった。

彼を見ても私の心は暗い感情に支配されるだけで、どきどきだとかときめきだとかいう可愛らしい気持ちなんて、一ミリも湧いてこないのだ。

鈴木真昼に限らず、私が王子様のような男の子から好かれる可能性なんて微塵もないのはもちろんだけれど、私のほうがそういう男の子を好きになることだって、完全にありえない。

誰もが憧れる格好いい男の子なんて、私は隣に並ぶのも嫌だ。遠くから見るぶんにはいいかもしれないけれど、絶対に近くにいたくない。きっと見比べられて、隣にいる自分がひどく惨めになるから。

もしも万が一、絶対にありえないことなのだけれど、たとえば神様の手もとが狂ってとんでもない奇跡が起こり、なぜか彼が私のことを好きになって、付き合うことになったとして。

そのとき私はきっとこう思う。《特別》な彼は、《普通》な私のことを、どんな目で見ているんだろう。周りの人たちは、当たり前のように彼の隣にいる私を、どんな目で見ているのだろう。多分、よくもまあその顔で当然のように彼の隣に立てるものだ、と呆れられるに違いない。

私のような平凡な人間が、彼のような人のことを格好いいと騒いだり、好きだと言ったりするなんて、たとえ直接伝えるのでなくても無理だ。思うだけでも恥ずかしい。自分が彼に好意を持っていると誰かに知られることすら恥ずかしい。

だから絶対に好きになんてならない。なれない。

でも、それは私がひねくれているからで、羽奈のように素直な女の子ならみんな彼に惹かれてしまうのは、頭では理解できていたから、今度は「そうだよね」と頷いた。

何度かぱちぱちと瞬きをしてから、彼女は「ていうか」と私を指差した。

「前も言ったけど、影子もアメジストで小説書いてみたらいいのに。すごく分かりやすくて簡単だよ。影子は私よりもたくさん本読んでるし、ケータイ小説以外の難しそうなやつも読んでるし、すごくいいの書けそうじゃん」

「いやー、いやいや」

私は慌てて手を振った。

「私には無理だよ……。そりゃ本は好きだけど、読むのと書くのじゃ全然違うだろうし」

えー、と不服そうな顔の羽奈に笑いかけ、それに、と続ける。

「私みたいな平凡人間、みんなが読みたくなるような面白い話なんて書けないよ」

彼女はおかしそうに笑った。

「何それ、私だって超平凡だよ」

私はぶんぶんと首を振る。

「いや、羽奈はそもそも普通にしててもめちゃくちゃ面白いから。平凡なんかじゃないよ、話してるだけで楽しいもん。羽奈が書いた小説も絶対面白いと思う」

さすがに照れくさくて面と向かっては言えないけれど、彼女のあっけらかんとした明るさや素直さ、屈託のないテンションの高さは、まるでラブコメの登場人物のようだ。そんな彼女が自分の気持ちをそのままぶつけた小説なら、きっとものすごく面白いに決まっている、と常々私は思っているのだ。

だからぜひ彼女の作品を読んでみたいのだけれど、以前「ペンネームを教えて」と頼んだら、真っ赤な顔で「恥ずかしいから無理！」と言われてしまった。でも、そのあとぽつりと「ファン数が千人超えたら、記念に教える」と言ってくれたので、いつかその日が来るのを待っている。

「私も影子と話してたら楽しいよ」

羽奈は優しいので、そんなふうに言ってくれる。

でも、私自身がいちばんよく知っていた。私はとても平凡で、普通で、いくらでも代わりがいるような、取るに足らない存在だということを。

そんな私の考えに気づくふうもなく、彼女は続ける。

「それにさ、誰かが読んで面白がってくれるとかじゃなくて、自分が楽しく書けるものでいいんだよ。ネット小説って、自分の夢とか妄想を書き散らしても許される世界なんだもん。影子と創作の話ができたら楽しそうだし、書いてくれたら嬉しいなあ」

「うん……そうだね。でも、私には人を楽しませられるような夢も妄想もないからなあ……」

自分の思いのままを口に出してしまってから、せっかく励ましてくれた羽奈に対して失礼な反応だったと気がついて、慌てて笑みを貼りつけた。

「いつか面白そうな話を思いついたら、書いてみようかな」

そうでも言わないと、誘いをかけてくれた羽奈の顔を立てられないと思った。彼女はにこりと笑って、「楽しみにしてる!」と言ってくれた。

二時間ほどおしゃべりに花を咲かせたあと店を出て、自転車通学の羽奈と駅前で別れた。

私はそのまま改札を抜けてホームに向かう。

エスカレーターに乗り、何気なく視線を右に向けると、横の壁一面に広がる鏡に映った自分と目が合った。

何のためにこんなところを鏡張りにするのだろう、と毎日のように思う。大して見たくもない顔を間近に見ることになって、いちいち気が滅入った。

鏡の中の私は、何の変哲もない女子高生のひとりとして、あっさりと風景に溶け込んでいる。どこにいてもそうだ。ビルのショーウィンドウのガラスに映っていても、服屋の姿見の中にいても、私の姿はいつだって、ぼんやりと眺めていたら見落としてしまいそうなほどに無個性だ。『街の風景』というパズルのピースのひとつとして馴染(なじ)みきって、何の自己主張もしない。

すれ違った人たちの記憶に残ることは、決してないだろう。それくらい、《普通》。

そんなことを考えていたら、ふいに体育館での鈴木真昼の姿を思い出した。

降り注ぐ光を全身に浴びて、眩い輝きを放つ彼。彼はいつだって、みんなと同じ制服を着ていても、みんなと同じ行動をしていても、その身体の内側から《特別》が溢れ出しているようだ。事実、彼は紛れもなく《特別》な存在なのだけれど。

電車に乗り込み、空席に腰かける。ふと前を見て、反対側の窓ガラスに映る自分にまた嫌気が差した。

憂鬱な気持ちから逃げるように、読みかけの文庫本を開く。

でも、近くの席に座った他校の女子高生たちの会話が耳に入ってきて、自ずと注意がそちらに向いた。

「今日も先輩かっこよかったー！」

女の子のひとりがうっとりしたような顔でスマホの画面を見ている。もしかしたらその『先輩』の写真かSNSを見ているのかもしれない。

「先輩、雑誌のイケメン高校生コンテストで、最終まで進んでるんだって。やばくない？　そんな人が同じ学校にいるとか、奇跡なんだけど！」

「そうなの？　やばー！　超すごいね」

「すごいよね。ああもう、マジで好き～……」

彼女たちの会話に、無意識に鈴木真昼の顔を思い浮かべてしまう。

こういう話は学校の中でもよく聞いた。彼のことを『本気で好き』と言う女子はとても多い。

でも、私はそんな声を聞くたびに、いつも心底不思議に思ってしまうのだ。どうしてみんな恥ずかしげもなく彼への好意をさらけ出せるのだろう、と。

私は絶対に言えない。自分のことをよく知っているから。

もっと言えば、彼の視界に入ることさえ嫌だった。『よくそんな顔でのうのうと生きてられるな』とか思われてそう……などと考えてしまうのだ。彼はそんな性格ではないと、完全に自分の被害妄想だと分かっているけれど、思わずにはいられない。

真昼という、太陽の神様に愛されたような明るい名前。そして私の影子という名前――生まれながらにして日陰で生きていくことを運命づけられているような暗い名前。

名は体を表すとはよく言ったものだ。まさに彼と私は、光と影だ。

いや、そんなふうに対比するのもおこがましいくらいに、私と彼はあまりに違いすぎる。

喩(たと)えるなら、彼は永遠の主人公で、私は永遠の脇役。彼がお姫様を救う王子様だとしたら、私は名前も台詞(せりふ)も与えられない村娘Bだ。誰がどう見たって彼は『唯一無二』の存在で、一方の私は『その他大勢』のひとりなのだから、比較するなんて滑稽(こっけい)もいいところだ。

そんなふうに思うのは、私が誰より《普通》であることにコンプレックスを抱いているからだと思う。『その他大勢』に埋もれたくない、《特別》な存在でありたい、と身の程もわきまえずに思っているから。

昔からそうだった。平凡な人間だと自覚しているのに、私はひどく承認欲求が強い。

普通と違うと思われたい。特別な人だと思われたい。特別な存在になりたい。いつもそんなふうに思っていた。中学のころまでは。

でも、合格者説明会のあの日、初めて鈴木真昼を目の前にしたとき、私はその圧倒的な輝きの強さに息をのんだ。

これが《特別》ということか、と思った。ただみんなと同じように整列して座っているだけなのに、《普通》の人とは全く違う光を放っていた。

特別な人というのは、彼のような人間のことをいうのだ。それを見せつけられた気がして、彼を見るのが嫌になった。

彼は世にも美しい花で、私は道端のみすぼらしい雑草。彼はたったひとつの稀有(けう)な宝石で、私は無数に転がっている石ころ。同じ棚に飾られることは決してない。

たとえ同じ教室で隣の席にいても、私たちは住む場所が違う。

だから私は彼が苦手なのだ。つまり、自分勝手な、ひどく卑屈な劣等感だ。

彼は何も悪くない。誰もが認めるように、彼には何ひとつ非の打ちどころがない。私が勝手に嫉妬(しっと)しているだけだ。そんな資格もないのに。

「はあ……」

ただ目で追っているだけのページに、私の溜め息が吸い込まれていった。

二章

The bouquet of bright for you,
that like asking for the moon

閉じた瞼(まぶた)を灼(や)く光の眩(まぶ)しさに、私は眉(まゆ)をひそめて顔を背けた。

何度か細かな瞬(まばた)きをして明るさに目を慣らし、ゆっくりと窓を見る。

細く開いたカーテンの隙間から真っ白な光が射し込んでいた。ゆうべは一時過ぎまで本を読んでいて電池が切れたようにベッドに入ったので、きちんと閉めきれていなかったらしい。

気だるい身体を起こし、手を伸ばしてカーテンを開ける。朝日を全身に浴びると、じわりと眠りの余韻が離れていった。

小さく息をついてから軽く伸びをして、ベッドを下りた。

「影ちゃん、おはよう」

階段を降りたところで、足音に気づいたのかお母さんの声が台所から聞こえてきた。洗いものの最中らしく、姿は見せない。横を通りがけにリビングのドアに向かって「おはよ」と返す。

洗面所で顔を洗っていると、お父さんが「おはよう」と入ってきた。私はタオルで顔を拭きながら「おはよ」と答える。

「今日は早いな」

「うん、なんか目覚ましが鳴る前に目が覚めちゃって」

「そうか。夢見がよかったのかな」

「うーん、覚えてないけど、そうかも」

顔を拭き終えた私が少し横にずれると、お父さんが隣に来て鏡を見ながらネクタイを結び始める。私は洗面所を出てダイニングに入った。

カウンターには私とお父さんの分の弁当箱と朝食が並んでいる。トーストとハムエッグがのったプレートをテーブルに移しながらお弁当をちらりと覗いて、私は思わず声を上げた。

「あ、今日、三色弁当だ！」

鶏そぼろの茶色と炒り卵の黄色、そしていんげんの緑のコントラストが寝起きの目に鮮やかだ。

「影ちゃんは本当にこれが好きねえ」

お母さんがくすりと笑って言った。私は「うん」と頷く。三色そぼろのお弁当、通称『三色弁当』は、私のいちばん好きなメニューだった。昼休みにお弁当箱開けた瞬間、わっとテンションが上がるっていうか」

「味も好きだけど、見た目も綺麗で好きなんだよね。

「お母さんも三色弁当好きよ」

「え、そうなの？　知らなかった」

「そぼろは楽だからねー。おかずたくさん作らなくてもそれなりに見えるし」

にやりと笑ったお母さんの言葉に「そっち？」と噴き出しつつ、私はテレビの電源を入れた。

いつもの朝の情報番組。このあとの時間帯はちょうど芸能ニュースをやっている。政治や経済の難しいニュースだと見ていてもつまらないので、朝は必ずこのチャンネルにするようにしていた。たまに鈴木真昼が出てきて複雑な気持ちになることもあるけれど。

ブルーベリージャムを塗ったトーストを齧りながらぼんやりとテレビを見ていると、人気絶頂の女性アイドルグループの主要メンバーが芸能界を引退、というニュースが流れてきた。

昨日の夜に速報が入ってツイッターのトレンドになっていたけれど、本当だったのか、と改めて思う。特にファンというわけではなかったけれど、小学生のころからずっとテレビで見ていたアイドルが突然引退するというのは、なかなか衝撃的だった。きっと今日の学校はこの話題で持ち切りになるだろう。

事務所を通して公表されたという彼女のコメントが、画面に大きく映し出された。

『私、〇〇は九月三十日をもって……』から始まり、『これまで支えてくれたファンの皆様、ありがとうございました』で終わるＡ４のコピー用紙一枚分の文章。

その中の一文に、私の目は釘づけになる。

『私は普通の女の子に戻ります』

何それ、と口に出してしまいそうになって、ぐっと飲み込んだ。《普通》。私の心を掻き乱す呪いのような言葉。

『もう何年も前から、普通の女の子に戻りたいという思いを抱えていて、ずっと悩んでいたのですが、やっと決断できました。――』

普通って、どういうこと？　私は自問自答しながらぐるりと視線を巡らせた。

窓に映る親子三人の姿――ソファで新聞を読んでいる父親、洗いものをしながら鼻歌を歌っている母親、間の抜けた顔で朝食をとる高校生の娘。

これが《普通》だ。絵に描いたような普通の家庭で育った、ごくごく普通の女の子、それが私だ。トップアイドルが憧れている《普通の女の子》。

彼女は本当にこんなものになりたいのか？　本当にこんなふうになるのか？

きっと違う。アイドルになれるほど可愛くて、センターをとれるほど才能があって努力もできる彼女は、きっと芸能人をやめたって《普通》の人間ではない。私が辟易しているような《普通》には、彼女は決してならないのだ。

私はずっと、全てにおいて個性がないことがコンプレックスだった。容姿も頭も性格もどこにも特筆すべき点はなく、サラリーマンの父とパート勤務の母の間に育ったひとり娘という家庭環境も、何もかも全部《普通》。もしも私が小説の登場人物だとしたら、私の紹介文は確実に『普通の女の子』という一行だけだ。

それでも小さいころは、いつかお姫様みたいに綺麗になったり、ある日突然魔法が使えるようになって世界を救ったりするのを無邪気に夢見ていたけれど、今はもう、そんな浅はかな夢なんて見られない。私は一生《普通》で終わるのだと自覚していた。

そのくせ、心のどこかでは性懲りもなく《特別》への憧れを手放しきれずにいて、その裏返しで、鈴木真昼のような特別な存在に対して卑屈な思いを抱いている。本当に私は馬鹿だ。

テレビの中では、引退するアイドルの経歴や代表曲の映像が流れている。可愛くて、自信に満ち溢(あふ)れていて、きらきら輝いている。そのへんの女の子とは全く違う姿。

《普通》ほどつまらないものはないのに、どうして《特別》な彼女が《普通》に憧れたりするんだろう。全く腑(ふ)に落ちなかった。私が捨てたくてたまらないものを、彼女みたいな人が欲しがるなんて、どうしても理解できない。

私は別に家族に対して不満を抱いているわけではない。

お父さんは物静かで、あまりべらべらと雑談をしたりするタイプではないけれど、私が学校のことで愚痴を言ったり相談をしたりすると、じっと耳を傾けてくれて控えめなアドバイスをくれる。

お母さんはおしゃべりが好きで、小言がちょっとしつこい。だから私が反抗期真っ只中(ただなか)だった中学生のころはよく口論もしたけれど、最近は落ち着いてきて、たまに学校帰りに待ち合わせて甘いものを食べたりもしている。

休日は三人で買い物に行ったり映画を観に行ったり、長期休暇には小旅行に行ったりする。それなりに仲のいい、ありふれた家族。

不満は特にない。ないのに、なぜだか時々無性に、この家の子であることが、染矢影子という人間であることが、とてつもなく嫌になる。自分という存在と、自分を取り巻く世界から、逃げ出したくてたまらなくなる。全て捨てて生まれ変われたらどんなにいいだろう、と何度も考えた。

不謹慎で無神経な考えだと自覚はしているけれど、たとえば私が天涯孤独だったり、家がものすごく荒れていたり、そういう特殊な環境で育っていたら、もう少し他人と違う特別な人間になれたんじゃないか、と思ってしまう。そうしたら、私を夢中にさせてきた物語を紡いだ人たちのように《特別》な人間になれたかもしれないのに。そう思わずにはいられない。

普通の家庭に生まれて、何不自由なく育てられて、毎日学校に通える恵まれた境遇のくせに、こんな後ろ暗いことを考えてしまう私は、最低だ。

学校に近づくにつれて、今日から毎日《特別》な彼の隣で、自分の平凡さを思い知らされながら過ごさなければいけないことを思って、憂鬱(ゆううつ)な気持ちが膨れ上がってきた。

廊下には鈴木真昼を覗き見に来る生徒たちがたむろして、私を透明人間のように無視して彼に熱い視線を注ぐのだろう。その光景を想像するだけで溜(た)め息が唇から溢(こぼ)れた。

でも、教室に入ってみると、隣の席は空っぽだった。

「真昼は今日は午後から登校するそうだ」

担任が出欠をとりながら言った。

何だか拍子抜けする。でも、とりあえずお昼までは平穏に過ごせそうだ。

そう思ってほっとしていたのに、三時間目の授業が残り十五分になったとき、私の真後ろのドアがそろそろと開いた。その音に思わず振り向く。

「おはようございます。遅れてすみません」

先生と生徒たちに向かって丁寧に頭を下げながら入ってきたのは、鈴木真昼だった。

ただの制服姿なのに、今日もやっぱり圧倒的な輝きを放っている。

「あれ、昼からじゃなかったん？」

山崎くんが声をかけると、彼は小さく微笑んで、囁(ささや)き声で答えた。

「予定より早く終わったから……」

彼は今連続ドラマの撮影をしているらしいので、その仕事が早く終わったということだろう。

こういうふうに遅刻してくるとき、彼は『撮影が～』だとか『収録が～』だとか、仕事関係のことを匂わすような言葉は絶対に言わない。私たちとの違いをあからさまに感じさせることはしない。

紛れもなく《特別》なのに、それを全く鼻にかけない謙虚さ。そういうところも生まれながらの《特別》だなと思う。特別であること、人と違っていることが彼にとっての普通、当たり前のことなのだ。だから決して得意顔などしないのだ。

この謙虚さがみんなから『性格まで完璧(かんぺき)』と言われる所以(ゆえん)で、彼の好感度を上げているのだと頭では分かっているのに、そんなところさえ気に障ってしまう私は全くひねくれている。

彼が席につくと同時に、先生が「鈴木真昼くん」と呼びかけた。

彼はさっと顔を上げて「はい」と答える。柔らかいのによく通る、綺麗な声で。

「申し訳ないけど、ちょうど今から確認テストなの。今日やった内容の復習だから、遅れてきた鈴木くんにはちょっとしんどいと思うけど、ごめんね」

「いえ、大丈夫です。僕が自分の都合で遅刻しただけなので。お気遣いありがとうございます」

先生は『さすが』と言わんばかりの表情で感心したように頷き、「できる範囲でいいからね」と言ってからプリントの配布を始めた。

英単語の問題がずらりと並んだテスト用紙に、みんなが一斉に解答を書き込んでいく。シャープペンシルの芯(しん)が紙の上を走るさりさりという音が教室を埋め尽くす。

書き終えてペンを置くと、なんとなく注意が隣に向いた。視界の端でとらえた鈴木真昼の右手は、つまずくこともなく流れるように動き続けていた。

「はい、それでは時間になりましたので、隣の人と交換してください」

先生の言葉に、そうだ、交換しなきゃいけないんだ、と衝撃を受ける。

いくつかの授業では、小テストは生徒同士で相互採点をする方式だった。つまり、私は彼に丸つけしてもらうことになるのだ。考えただけで気が引けた。隣の席になるとこんな弊害もあるのか、と今さらながらに呆然(ぼうぜん)とする。

「染矢さん」

思わず動きを止めていたら、隣から呼ばれた。はっとして目を向けると、穏やかな笑みに迎えられる。

「お願いします」

鈴木真昼は微笑んだままプリントを差し出してきた。

「あ、うん、ごめん……お願いします」

私は小さく答えつつ、少し身を乗り出して彼のテストを受け取り、代わりに自分のものを渡す。

その一瞬、彼の細く長い指と、綺麗に整えられた爪に目を奪われた。ＣＭに出てきそうな滑らかで美しい手だった。《特別》な人は、爪の色や形まで完璧なのか、と内心驚嘆する。

「正解を板書するので、赤ペンで丸バツをつけてください」

先生の声に、再び我に返る。彼が隣にいると、予想していたことだけれど、全く授業に集中できない。どうしても気になってしまって、そちらに意識が向いてしまうのだ。もともと集中力のない私がいけないのだけれど。

何とか気分を入れ替えて、筆箱から赤のボールペンを取り出した。

蓋(ふた)をとりながらテスト用紙に目を落とすと同時に、字が綺麗、と思った。まるでペン習字のお手本のような、きっちりと丁寧に整った筆跡。鈴木真昼はやっぱり、どこをとっても完璧だ。

そして、テストの方も完璧だった。単語どころかスペル間違いひとつなく満点。

「はい、染矢さん」

呼ばれて目を向けると、彼はテスト用紙をこちらへ差し出しながら、さっきよりも大きな笑みを浮かべていた。

「満点。さすがだね」

「え、あ、ありがとう」

受け取った紙に目を落とすと、花丸つきの点数の横に、『おめでとう！』と書かれていた。

ただのクラスメイトへの気遣いまで完璧。

「鈴木くんこそ、授業受けてないのに満点なんてすごいね」

さすがとまで言ってもらって自分は無言で返すわけにもいかず、正直な感想を添えてテスト用紙を渡すと、彼は少し困ったように眉を下げて微笑んだ。

「いや、たまたまだよ。ちょうど重点的に予習してたところが出たから、運がよかったんだ」

「予習してるんだ」

「うん、まあ、欠席しちゃうこともあるから、せめて遅れないようにしなきゃと思って」

「偉いね……」

復習だけでなく予習もきちんとやるように、と先生たちから言われてはいるけれど、課題と復習だけで手いっぱいで、自主的な予習なんて私は全くできていなかった。

「そんなことないよ。なんとかついていけるように必死こいてるだけだから」

彼は手を振って否定したけれど、仕事をしながらみんな以上に勉強をしているのだから、すごいとしか言いようがない。

かなわないなあ、と思ってから、そんなことを思った自分を恥じた。

生まれながらに格が違いすぎて勝負にすらなっていないのに、勝ち負けを考えるなんて。

自分の図々しさに呆れながら、私は本日何度目かの溜め息をひっそりと洩らした。

帰りのホームルームの時間に、二、三学期の係決めが行われた。

担任が黒板にずらりと委員会の名前を列挙していき、みんな口々にあれがいいこれは嫌だと言い合っている。

　私は一学期は美化委員をしていた。そのまま続けるか、別の係に変えるか、どうしようか。美化委員はあまり仕事がなくて楽だったけれど、みんなそれを知っているから争奪戦になるだろう。それに参戦してまでやりたい係でもないし、一年のときにやっていた保健委員にするか、当番の日以外は暇な交通安全委員にするか。生徒会や体育委員、文化祭実行委員などの忙しい上に目立つ係は気が乗らない。そのへんは活発な子たちが立候補するだろう。

　まあ、余りものでいいか。結局は投げやりな結論に落ち着き、頬杖をついて成り行きを見守っていると、図書委員を決める段になって動きがなくなった。

　うちの学校は図書室の活動が活発で、図書委員はかなり仕事がある。週一回の図書だより発行、月に二、三回当番が回ってくるカウンターの受付係、イベントの準備と飾りつけなど、ひっきりなしに仕事が割り振られるらしい。

　それを知っているので、毎日練習がある運動部の生徒はまず立候補しない。それに、図書だよりやイベントで『僕、私のオススメ本』を毎月のように紹介しないといけないので、本を読まない人にはハードルが高いのだ。

「誰か希望者はいないか？　図書委員、ふたり。やりがいがあるし、勉強にもなるぞ」

　担任の言葉にも、みんな顔を見合わせるだけで挙手をする人はいない。

　じゃあ、やろうかな。本は好きだし、帰宅部だから放課後も暇だし、新規図書や返却の情報も早く入手できそうだし。そう思って手を挙げかけたとき、視界の端で何かが動いた。

　え、と驚いて横を向く。まさかと思ったけれど、鈴木真昼がすっと手を挙げた。

「他に希望者がいないようなら、僕がやります」

私はさっと手を下げた。

クラス中の視線が彼に集まる。私だったら居心地の悪さに下を向いてしまいそうだけれど、見られることに慣れている彼は、平然と穏やかな笑みを浮かべたままだった。

「大丈夫か？　うちの図書委員は放課後けっこう忙しいぞ。仕事のこともあるだろう」

担任は少し心配そうな顔で言った。彼が「いえ」と小さく首を振る。

「来週からはそれほど詰まっていないので、放課後でも大丈夫です。たしか活動は遅くても六時までですよね？」

「ああ、六時閉室だから、それ以降に活動することはないが……。まあ、当番はそれぞれ都合のいい日で希望制になってるから、融通はきくと思うし、なんとかなるかな」

「はい、大丈夫だと思います」

はっきりとした声で言って彼が頷くと、担任も安心したように首を縦に振った。

「じゃあ、鈴木にお願いしよう。あと、もうひとりは……」

担任の視線がすっと横にずれて、私に留まった。

「染矢、さっき手を挙げてたよな」

う、と声が詰まる。まだちゃんと挙げてはいなかったのに、しっかり見られていたらしい。

正直なところ、鈴木真昼が図書委員をやるのなら、私は他の係にしたかった。でも、挙手するのを見られていたのだから、今さら否定なんてできるわけがない。

「やってくれるか？」

「……はい」

私が答えたと同時に、周囲が明らかに肩を落とす気配を感じた。彼と同じ係になりたい人はたくさんいるから、もう一度希望をとれば何人も手を挙げるだろう。あと少しタイミングがずれていたら、彼が先に立候補していたら、私は他の係にしたのに。でも、後の祭りだった。

俯(うつむ)いて深く息を吐いてから目を上げると、どこからか視線を感じた。見ると、羽奈が口をぱくぱくさせながらこちらに手を振っている。『いいなー！　羨(うらや)ましい！』。唇の動きで、そう言っているのだと分かる。私が曖昧(あいまい)な笑みを返すと、彼女は今度は拳(こぶし)を握りしめて『頑張れ！』と言ってくれた。何を頑張るんだ、と苦笑が洩れるのを堪(こら)えつつ、私は頷き返した。

係決めが終わったあと、いくつかの委員会はさっそく今日の放課後に話し合いがあるので指定の場所に集合するように、と連絡があった。図書委員も役割分担を決めるということで、終業後すぐに図書室に行くよう指示される。

「染矢さん、よろしくね」

号令のすぐ後に、鈴木真昼から声をかけられた。

「あ、うん、よろしく」

しどろもどろに答える。さっさと図書室に向かおうと思っていたのに、話しかけられてしまってはできないじゃないか。

荷物を鞄(かばん)に詰め込みながら、タイミングを窺(うかが)って教室を出ようと考えを巡らせていた私は、彼の次の一言で動きを止めた。

「行こうか」

たっぷり三秒ほどフリーズしてから、え、と声が洩れる。目を見開いて彼を見つめ返す。

今のはどういう意味だ。まさか、図書室まで一緒に行くということか？　いやいや、無理無理。鈴木真昼と一緒に校内を歩くなんて、それこそ分不相応にも程がある。学年一可愛い女子ならまだしも、この私が。すれ違う生徒たちからどんな目を向けられることか。

「すぐ行ける？　それとも何か用事ある？」

「……え、用事？　……は、ないけど」

混乱した頭ではこの流れを断ち切る方法など思いつかず、訊かれたままに正直に答えることしかできない。私の動揺と困惑に気づく様子もなく、彼は「よかった」とにこりと笑った。

「じゃあ、行こうか。遅れちゃうといけないし」

「あ……うん」

断りも言い訳もできず、私は壊れたからくり人形みたいにぎこちなく首を縦に振った。

彼は私が荷物の整理を終えるのをさりげなく待ち、ゆっくりと立ち上がった。私ものろのろと腰を上げる。苦肉の策で、極力ゆっくりと歩いて、彼との距離をとろうとした。でも、彼はすぐに気づいて振り向き、「大丈夫？」と声をかけてくる。

「えっ、大丈夫大丈夫！　行こっか」

私は何とか笑顔を貼りつけて言った。「うん」と頷いて廊下に出た彼の後について、重い足を引きずるようにして歩き出す。

案の定、廊下にいた生徒たちが一斉に彼を見て、それから、すぐ後ろを歩いている私を訝しげに見た。視線が痛い。全身を針で刺されているような気分だ。

自然、足取りはさらに重くなり、彼の背中が小さくなっていく。このまま離れて歩いて、間違っても一緒に行動しているなんて思われないようにしよう、と決心した矢先、

「染矢さん、何か遠くない？」

くすりと笑って彼が振り向いた。

「話しにくいから、並んで歩こうよ」

「……あー、うん、ごめん」

仕方なく足を早めて、立ち止まって私を待っている彼の横に並んだ。そうなるともう、周囲からの視線はさっきとは比にならないくらい鋭くなった、気がする。

当然だ、あの鈴木真昼と、見るからに平凡な私が肩を並べて歩いているのだから。一体どんな人間が彼の隣を我がもの顔で占拠しているのか、と値踏みされるに決まっている。そして、なんだこの程度か、と苦笑されるか、よくもまあ平然と隣にいられるものだ、と憤慨されるかのどちらかだ。

彼は分かっていないのだ。自分が女子とふたりで歩くことが、周りにどれほどの影響を及ぼすのか。クラスメイトだろうが、係が同じだろうが、そんなことは関係がない。不可侵の聖域みたいな存在に無神経に近づくなんて、本人は気にしなくても周囲が許さない。

次々に浴びせられる不躾な視線に貫かれながら、私はまるで呪文のように『どうしてこんなことに……』と心の中で叫び続けていた。

彼が図書室のドアを開けた瞬間、ざわめきが起こった。

鈴木真昼だ、鈴木真昼が来た、と驚くみんなの心の声の吹き出しが見えるようだった。

クラスも学年も違う人からすれば、彼はやっぱり同じ高校の生徒というより、芸能人の鈴木真昼だろう。そんな彼が突然、同じ部屋に入ってきて、動揺しないわけがなかった。

そんな反応を向けられることには慣れているのか、彼は気にするふうもなくホワイトボードに書かれた座席表を確認し、「2のAはここだって」と指で示しながら私に目を落とした。その声の近さにどきりとしてしまう。

「あ、そうだね、窓際の最前列……あそこかな」

私は必死に平静を装いつつ、ずらりと並んだ椅子の配置と座席表を照らし合わせる。

指定の席に腰かけると、さらに動揺に拍車がかかった。教室でも隣の席に座ってはいるけれど、もちろん机はそれぞれ別だ。でも、ここは長机なので、当然同じ机に並んで座ることになる。

机がつながっているというだけで、こんなにも距離が近い感覚になるなんて。別に密着しているわけでもないのに、妙に同席感が強くて落ち着かない。

早く終われ、と始まる前から念じているうちに、司書の先生がやって来て資料を配布し始めた。

プリントを後ろに回し、目を通すという動作ができることにほっとする。黙って座っているよりもずっと気が楽だった。

鈴木真昼はすぐにペンケースから蛍光マーカーを取り出し、何かラインを引きながら内容を読み始める。先生からの説明が始まると、赤ペンで細かく書き込みながら真剣に聞いていた。

真面目だな、と感心する。私は、大事なところだけ聞き逃さないようにすればいいか、とぼんやり耳を傾けていた。

「……というわけで、クラス単位で仕事を割り振りますので、ふたりで話し合ってどれがいいか決めてください。五分後に希望をとります。重なった場合はじゃんけんで決めますね。それでは、話し合いを始めてください」

みんなが一斉に隣と向き合って話し始める。私は何となく横を見られなくて、役割分担表の内容を確かめるふりをしてプリントに目を落とした。

しばらくしてから、鈴木真昼が「染矢さん」と声をかけてきた。柔らかくて甘い声。私はどきりとして彼に目を向ける。いつもより近くで見る顔は、すぐそばの窓から射し込む光に照らされているせいか、いつにも増して輝いているように見えた。

「染矢さんはどれがいい？」

「え、私？　私は別にどれでも……。鈴木くんのやりたいやつでいいよ」

鈴木真昼を差し置いて自分の希望を主張したりできるわけがない。

どれでもいいよ、と繰り返すと、彼は小首を傾げ、それから「強いて言えば？」と言った。

え、と私は息をのむ。

「俺もどれでもいいから、染矢さんの希望でいいよ。強いて言えば、どれ？」

私は手を頬に当てて、うーんと唸(うな)った。

「えー、強いて言えば……？　まあ、カウンターやってみたいかな……」

別に貸出や返却の受付係をしたいというわけではなく、借りたい本が返却されたときにすぐに分かったら便利だな、という自分本位な考えだった。

「じゃあ、それにしよう」

私の下心などつゆ知らず、彼はにこりと頷いた。

そのとき、「鈴木くん、染矢さん」と呼びかけながら司書の先生が私たちの横に立った。

「はい、なんですか」

鈴木真昼が姿勢を正して先生のほうを向く。私も慌てて彼に倣った。

「あのね、ちょっと言いにくいんだけど」

「……？　はい」

「鈴木くんたち、2のAさんは、カウンター以外のお仕事にしてほしいの……」

「えっ、なんでですか？」

私は思わず声を上げた。と同時に、無意識に隣を見る。

彼は一瞬目を見開いたあと、何かを察したように「あ」と口を開いた。

「ああ、そうですよね。すみません、気がつかなくて……」

「え、どういう……」

訳が分からず首を傾げると、彼は申し訳なさそうな表情で「ごめん、染矢さん……」と呟いた。

なんで謝るの、と口に出しかけたとき、先生が声を落として説明してくれた。

「鈴木くんがカウンターにいるってなったら、ほら、ね？　本来の図書利用者じゃない生徒がたくさん来ちゃうかもしれないから……。そうなったら、本当に本を借りたい人たちが入りにくくなっちゃうでしょ」

やっと合点がいって、私は「そっか」とひとり言ちた。少し考えれば分かることだった。

ここの図書室はあまり広くないので、読書以外の目的——学習やグループ活動などでは利用しない、というルールがある。代わりに校内での自習用スペースとして会議室や講義室が開放されていた。だから、図書室は本を借りたり返却したりする生徒や、中で読書をする生徒しか利用しないのだ。いつ来てもだいたい十数人しか利用者はいない。

でも、もしも鈴木真昼がカウンターで受付係をするとなったら、彼を近くで見るために来室したり、彼との接触を目的に読む気もない本を借りたりする生徒で、図書室がごった返すかもしれない。というか、多分そうなるだろう。

「それでね、あなたたちには書庫整理の係をやってもらいたいのよ」

先生の言葉に、私はなるほどと思う。先ほどの説明によると、書庫というのは司書室の奥にある部屋で、図書室に入りきらなくなった古い蔵書や貴重な資料などを保管してある場所らしい。入室も制限されていて、利用するのは授業のための資料を探す先生たちや特別に閲覧許可を得た生徒だけだという。図書室をよく利用している私も、存在さえ知らなかった。

だから、鈴木真昼が書庫の中で仕事をする分には、確かに大きな問題は起こらないだろう。

「ごめんなさいね、鈴木くん。完全にこっちの都合なんだけど」

「いえ先生、謝らないでください。むしろ僕の都合なので……ご迷惑おかけして申し訳ないです。書庫係で希望を出します。……染矢さん、それでいい？」

彼が眉を下げて訊ねてきた。私はこくこくと頷く。

「うん、いいよ。全然大丈夫」

私がそう答えると、先生は「ありがとう、よろしくね」と言って前に戻って行った。

「ごめん、染矢さん、本当にごめん……俺のせいで……」

係決めが終わったあと、鈴木真昼がそう言って深々と頭を下げてきたので、私は驚いて首を横に振った。

「ちょっと、鈴木くん、そんな謝ることないよ。鈴木くんが悪いわけじゃないんだから」

どちらかと言えば、興味本位で見境なく追いかけてくる野次馬の方が悪い。普段から、彼が廊下を歩いていると、用もないのにぞろぞろとついていく生徒がたくさんいるのだ。せっかく人気アイドルが同じ学校にいるのだから少しでも近くで見たい、と考える気持ちは分からなくもないけれど、なんてデリカシーのない人たち、といつも私は内心呆れていた。

それでも彼は歪んだままの表情で「ごめん」と言った。自分のせいで申し訳ない、という思いがはっきりと顔に書いてあるようだった。人気者は大変だな、と思いつつ、私はまた口を開く。

「ていうか私の方こそ、カウンターやりたいとか言っちゃってごめん」

彼が受付をしたらどうなるかなんて容易に想像できることだったのに、何も気がつかず考えなしに口にしてしまった。そのせいでこんなふうに彼に気を遣わせることになったのだ。

「そんなことないよ、染矢さんは全く悪くない」

彼は静かに何度か首を振った。

「本当にごめん、俺のせいで染矢さんがやりたい係ができないなんて、申し訳なくてもう……」

「いやいや、本当に気にしないで」

そうは言ったものの、彼の性格的に絶対に気を揉み続けるだろうと思ったので、私は「ていうかね」と声色を明るくして続ける。

「私、別にカウンター係に思い入れがあったわけじゃなくて、下心で言っただけだから」

私の言葉に彼は「えっ？」と意表を突かれたような顔になった。

「何て？　下心？　下心って言った？」

確かめるように訊き返してくる。どうやら自分の聞き間違いかと思っているらしい。

「うん、下心って言った」

私が頷きながら答えると、今度は呆気にとられたようにぽかんと口を開いた。彼のこんな無防備な顔は、初めて見た気がする。彼はいつだって、テレビでも学校でも、穏やかな笑みを浮かべつつも隙のない、完璧に練り上げられた美術作品のような表情をまとっているのに。

何だかおかしくて、私の唇からくすりと笑いが洩れた。

「下心かー……。染矢さんの口からそんな言葉が出るとは意外だな……」

彼はまだ呆然としている。私は「そう？」と少し首を傾げた。一体彼の目に私はどんなふうに映っているのだろう。下心なんて持ちそうにもない、単純な人間？

「カウンター係がいいっていうのは、借りたい本が返ってきたときにすぐ分かって最初に借りれるっていう職権濫用目的で言っただけだから。別にどの係でも構わないよ」

「職権濫用って」

彼がふっと噴き出した。それから口許を押さえながら、おかしそうにくくと笑う。

「染矢さん、面白い」

「え……そう？　そんなの初めて言われたけど……」

こんな平凡な人間のどこに面白みなんて感じたんだか。やっぱり芸能人になるような人は、普通の人とは視点や感覚が違うのだろう。

「それに、カウンター係より書庫係の方が楽しそうだし。今まで本屋さんでは見たこともないような本がたくさんあるかも、って思うと普通に楽しみだよ」

書庫整理の仕事は、さっそく明日から始めることになった。明日の放課後には書庫の中を見られるのだと思うと自然と頬が緩む。

「染矢さん、本が好きなんだね」

「好きっていうか……まあ、部活とか習い事もしてないし、他に趣味もないから、暇なときはだいたい本読んでるかなって感じなだけ」

そう答えながら、まさか鈴木真昼とこんなふうに話す日が来るなんて、と思う。我が事ながら内心驚きを隠せなかった。

他のクラスメイトならまだしも、いちばん遠い存在のはずの彼が当たり前のように隣に座っていて、しかも業務連絡以外の会話をしている。昨日までの私が見たら、いや、つい一時間前の私が見ても卒倒するだろう。

でも、こうやって今までより砕けて話をしたおかげか、あんなに憂鬱だった彼との委員会活動が、さっきまでとは比べものにならないくらい気楽に思えるようになった。

「俺もたまに本読むよ」

「そうなの？　知らなかった。あ、ドラマとか映画の原作？」

「いや、仕事で読むこともあるけど、普通に自分の趣味でも読むよ」

「そうなんだ。どういう……」

どんな本が好きなのか気になって訊ねようとしたとき、司書の先生が「あと五分で閉めます」と言う声が聞こえてきた。「あ、そっか」と私は時計を見る。

「今日は会議があるから早めに閉室って言ってたね」

「そうだった。じゃ、帰ろうか」

心の中で、えっと小さく叫ぶ。

その言い方だと、一緒に帰るように聞こえるんですけど。

私の勘違いかもしれないけれど、もし万が一勘違いじゃなかったら、とても困る。

「えーと、私、返却しないといけない本があるから、ちょっと残るよ。あ、鈴木くんは先に帰ってね」

ちょうど鞄の中に借りている本が入っているのを思い出し、そう告げた。本当は明日までに返せばいいのだけれど、体よく言い訳に使わせてもらうことにする。

「そっか。じゃあ、また明日」

私の言葉に頷き、彼はまるでドラマのワンシーンのように爽やかに手を振りながら図書室を出ていった。さすが完璧王子、「気をつけてね」という気遣いの言葉を付け足すのを忘れずに。

ドアの向こうに消えていく姿勢のいい後ろ姿を見送りながら、私はまだこの急展開に心の整理が追いつかず、深々と息を吐き出した。

三章　狡い嘘

The bouquet of bright for you,
that like asking for the moon

書庫の入り口のドアを開けると、あまり使われていない部屋独特の、こもったようなにおいがふわりと広がった。

「最近換気してなかったから、なんだか埃っぽいわねえ」

先生が「空気が悪くてごめんなさいね」と言いながら窓を開けていく。

私と鈴木くんも先生に倣って手近な窓に手をかけた。

「先生は他の仕事があるから、あんまりここには顔を出せないんだけど、ふたりに任せちゃっても大丈夫かしら」
「はい。仕事内容はさっき詳しく教えていただきましたし、資料もまとめていただいてるので、大丈夫だと思います」

鈴木くんが先生からもらったプリントを指してそう答えたので、私も「大丈夫です」と頷く。
「ふたりとも真面目でしっかり者だから安心して任せられるわ。大変だと思うけど頑張ってね」
「はい、頑張ります」
「よろしく。分からないことがあったら司書室に声かけてちょうだいね。じゃあ、また後で」

先生が出ていったあと、私はドアの脇にあったパイプ椅子に荷物を置き、室内に視線を巡らせた。六畳くらいの空間に、大量の本が所狭しとぎっしり置かれていた。壁には本棚も備えつけてあるけれど、入りきらない本が中央の長机の上や段ボール箱に山積みになっている。

すうっと息を吸い込むと、湿ったような埃と本のインクのにおいが胸を満たした。古書店のにおい。私の好きなにおいだ。

ここに保管されている本の中には、もう何年も誰にも読まれてない、触れられてさえいない本もたくさんありそうだった。そう思うと、何となく胸が躍る。

蔵書の整理とひとことで言っても、仕事の内容はそれほど単純ではなかった。ほとんどの本は書庫に移動させたときに適当に置いてそのままになっているので、背表紙に貼られたラベルの分類番号を見て、本棚に配置する。その際には著者ごとにまとめ、シリーズものは順番に並べる。それと同時に、破損がひどいものは廃棄用の段ボール箱に入れていく。また、ラベルが剝がれているもの、背表紙が日焼けしてタイトルが読めなくなっているものは補修するのでカゴに移す。難しい仕事ではないけれど、これだけ大量にあるとなるとけっこう時間がかかりそうだ。

「特に期限があるわけではないから、時間は気にせずのんびりやってくれて大丈夫よ」と先生は言っていたけれど、あんまりゆっくりしていたら今年度中には終わらないんじゃないか、と思ってしまう。

「じゃあ、さっそく始めようか」

鈴木くんの言葉に、私は「うん、もりもりやろう」と答えた。

「やる気に満ち溢れてるね」

彼がおかしそうに笑う。何だか恥ずかしくなって、「やる気っていうか」と首を振った。目の前の本を手に取り、ラベルをチェックしながら言葉を続ける。

「こういう作業、分類したり順番に並べたりするの、けっこう好きだから」

「へえ、そうなんだ」

鈴木くんも本の山から一冊取って、番号を確認する。

「本屋さんでも、ぐちゃぐちゃになってると勝手に並べ替えたりしちゃう」

「ああ、それは俺もやっちゃうな。立ち読みして適当に戻す人とかいるから、全然違う作者のところにあったり、シリーズの順番ばらばらになったりしてるでしょ」

「あー、分かる分かる」

「気がつくと落ち着かなくて、いじっちゃうんだよね。こないだも参考書見てたら売り場が荒れてて、気づいたら屈み込んで並べてたし」

鈴木くんが本屋でそんなことをしている姿を想像すると、何だか無性におかしくなって、思わず声を上げて笑ってしまった。もしも近くにいたお客さんが、必死に本を並べ替えているのが今大人気のアイドルだと気づいたら、腰を抜かしてしまうに違いない。

たわいのない会話をときどき交わしながら、次々に本を整理していく。教室やグラウンドから離れているせいか、放課後の騒がしさはひどく遠く聞こえて、まるでこの部屋だけ異次元になっているかのように静かだった。やけに時間がゆっくりと流れているような感じがした。

窓から吹き込む微風に舞い上がった細かな埃が、ゆらゆらと宙を漂っている。ひとつひとつが光を反射して白く輝き、いつかテレビで見たダイヤモンドダストの降る光景を思い出した。

鈴木くんの方にちらりと目を向ける。棚に本を差し込む横顔が、まるで紗がかかったようにうっすらぼやけて見えた。柔らかい光に照らし出された彼の輪郭は、相変わらず絵画や彫刻のように端整だ。

前から見てももちろんとても整った顔なのだけれど、彼は特に横顔が綺麗だと思う。額から瞼にかけてのライン、流れるような鼻筋、薄い唇、細く尖った小さな顎先、それらを包み込むように風に揺れる、絹糸みたいに細く艶のある髪。瞬きをするたびに音がしそうなほど長い睫毛。それに縁取られた双眸はくっきりとした二重で、吊り目でも垂れ目でもなく、まさに理想的なアーモンド形をしていた。

そして、瞳の色がとても薄い。光が当たると眼底まで透けて見えそうなほど明るく煌めき、見ていると引き込まれそうになる。肌は滑らかで血管が透けそうなほど白く、かさつきや吹出物ひとつなかった。見れば見るほど、自分と同じ生き物とは到底思えない。

こんなに綺麗な顔をしていたら、毎日鏡の前に立つときどんな気持ちなんだろう、とふいに思う。

私は鏡の中の自分を見るたびに憂鬱（ゆううつ）な気持ちになるので、あまり顔は見ないようにして寝癖をさっと整えるくらいだ。鈴木くんは絶対にそんな気持ちは分からないだろうな、と思う。むしろ見とれてしまったりするんじゃないか。私がこの顔だったら、毎日何度も用もなく鏡に向き合い、何時間でも眺めてしまう気がする。

そんなことを考えていたら、彼が突然、ふふ、と小さく笑いを洩（も）らしてこちらを見た。もしかして心を読まれてしまったんじゃないかと焦る。

「え、どうしたの？　何かあった？」

どぎまぎしながら訊（たず）ねると、彼は「いや」と首を振った。

「昨日今日で、染矢さんとすごく距離が近くなった気がするなあって思って」

「え……」

「出席番号も席も近いのに、こないだまでは、しゃべってもぽつぽつって感じだったでしょ」

その言葉にはっとする。昨日までの自分の態度を顧みると、あまりにも感じが悪くそっけなかった、と急激に反省の気持ちが込み上げてきた。だからといって、《特別》な人と話すのが嫌だったから、なんて卑屈な思いを正直に言えるわけもなく、

「ごめん……。私、男子とふたりで話すのとか慣れなくて、何しゃべればいいか分からなくて」

我ながら取ってつけたような言い訳をする。でも、意外にも彼は「ああ、分かる」と笑った。

「俺も女子とふたりきりとか初めてだよ」

予想外の答えに、私は思わず「えっ、嘘！」と叫ぶ。彼は「本当だよ」と微笑んだ。

「えー!?　だって、彼女とか、芸能人の人とか！　学校以外でもたくさん機会あるでしょ」

するると彼は「ないない」とおかしそうに笑った。

「彼女なんていないし、今までいたことないし。彼女いない歴イコール年齢ってやつだよ。それに仕事でも女の人とふたりきりで話すなんてシチュエーションないからね。おはようございまーすって挨拶するくらい。それだっていつも周りに何十人も人がいるし」

うっそだー、と言いたい気持ちを抑えて、少し考えてみる。確かに鈴木くんに彼女がいるという噂は聞いたことがないし、学校でも特定の女子と親しく話しているのは見たことがない。

「そっか、女の子とふたりきりになんてなったら、週刊誌とかに撮られちゃうもんね……。あっ、ちょっと待って待って、この状況は大丈夫なの？　ばれたらやばいんじゃない？」

慌てて周囲を見渡しながら言うと、彼はあははと笑った。

「いや、さすがに学校の中までは撮られないよ。でもまあ、相手の子に迷惑がかかるといけないから、気をつけてはいるけど……」

はあー、と私は息を吐く。芸能人は大変だ。何とか彼とお近づきになりたい女の子はたくさんいるはずなのに、スキャンダルになったら大事だから、恋愛さえままならないのか。

そのとき、彼がふと一冊の文庫本に目を留めた。すっと手に取り、表紙と裏のあらすじを確かめてから、ページをぱらぱらめくっている。気になる本があったのかな、とタイトルを見てみて、意外に思った。私のイメージでは彼の読みそうにない作家の本だった。

「それ、仕事関係？　それとも、自分の好み？」

「え？」

目を見開いてこちらを見た彼は、自分の手もとに視線を落とし、「ああ、これ？」と頷く。

「この人の本、前に読んで面白かったから、他のも読んでみようと思って集めてる最中なんだ。この本はまだ読んだことなくて、気になったから開いちゃった。ごめんね、仕事中なのにさぼっちゃって」

「いや、それは全然いいんだけど」と答えつつ、私は心の中でこっそり首を傾げた。

その作家の本は、私も読んだことがある。人々の隠された心理を裏読み、深読みするような、そしてそれをちょっと小馬鹿にしたような調子で描く作風だった。この作家さん絶対いつも相手の裏の裏の本心を探りながら接してるんだろうな、というのが正直な感想だった。

性格的に似た傾向のある私にとってはひどく共感できて、新刊が出ると必ず読んでいた。建前に隠された、秘められた本音を抉り出していくのが面白いのだ。

でも、新作が出るたびに映画化やドラマ化をされているような、広く名前を知られた有名作家というわけではない。一般的にはそれほど認知度は高くないはずだ
「……もしかして、鈴木くんってけっこう性格ひねくれてるの？」

思わず訊ねると、彼は「え」と目をまんまるに見開いた。

その反応を見て、ものすごく失礼で不躾な言葉をかけてしまったと気がついた。

「あ、ごめん！　心の声出ちゃった！」

彼はまだどこか呆然としたような顔つきのまま、囁くように「なんで？」と訊ねてきた。

「なんで、ひねくれてるって思ったの？」

怒って責めるような口ぶりではなく、純粋に疑問に思っているのだということが伝わってきて、私も小さな声で正直に答えた。

「その作家が好きな人って、世の中を斜に構えて見てるんじゃないかなと思うから……あの、私の経験をもとにした個人的な見解だけど。間違ってたら、ごめん……」

彼はしばらく私を凝視したあと、低く呻いた。

「……くそ」

そう呟いたように、聞こえた。到底彼には似合わない単語と口調。

耳を疑いつつ、私の聞き間違いだろうかと思って、彼の表情から感情を読み取ろうとしていると、彼は唐突に肩の力を抜いた。

「……まあ、仕方ないか」

聞いたこともないような、投げやりな声音だった。

私は唖然として彼を見る。言葉を失う、というのを初めて体験した。

彼は深く溜め息をついて本を置き、くしゃりと自分の髪を掻き乱した。

「あーあ。表情も言葉も行動も仕草も、『素直で心優しく穏やかな人物』になりきれてると思ってたのになあ。まさか本の趣味でばれるとは……油断した」

くそ、ともう一度呟いて、彼はパイプ椅子にどさりと腰を落とした。だらりと姿勢を崩し、背凭れに体重をかける。いつもお手本のような姿勢で座っている彼とは、まるで別人だ。

「どうせばれちゃったから正直に言うけど、俺、外面だけで生きてるから」

にやりと笑って彼が言った。外面、と私は馬鹿みたいにおうむ返しをする。彼はふっと左の口角を上げた。

「けっこう上手くやれてるだろ？　染矢さんも俺のこと、『芸能人なのにそれを鼻にかけたりせず、謙虚で素直で優しくて穏やかな人』って思ってただろ？」

目の前で繰り広げられた突然の変貌が未だに信じられず、私はぽかんと口を開く。

「……え、いいの？　そんなぶっちゃけちゃって。取り繕ったりしなくていいの？」

「今さら無理だろ、そんなの。もし無理に取り繕っても、何か染矢さんは騙せない気がする。今だけ何とかなっても、これから先ずっと俺のこと疑いの目で見るだろ。それならぶっちゃけちゃった方がむしろ安心だ」

「ええ……。じゃあ、絶対みんなにばらすなよ、とか凄まなくていいの？」

「何、ばらしたいの？　いいよ、別に」

どうせ誰も信じないだろうけど、と続くのを思わず想像したけれど、彼はそんなことは言わなかった。

「まあ、いつまでも騙せるわけないしな。ばれたらばれたで、方向転換すればいいし」

方向転換。それはまた急激な、百八十度の転換だ。みんな度肝を抜かれるだろう。

「……ていうか、ばらさないよ。そこは安心して。そんなこと言いふらしても、私にひとつもメリットないし」

私の言葉に、彼は一瞬、虚を衝かれたように目を丸くしてから、「ははは っ」とお腹を抱えて笑い出した。

「何がおかしいの？」

「いや、そう来るかーと思ってさ。メリットね。まあ、ないっちゃないけど、でも普通、自分にメリットなんてなくても、誰かの裏の顔を知ったら、人に言いたくなるもんだろ?」

「そうかなあ……。でも、そもそも」

私は首を傾げて続ける。

「鈴木くんの今まで積み重ねてきた行いと、私の荒唐無稽な話、みんなどっちを信じると思う?」

たとえ私が『鈴木真昼は実は聖人君子なんかじゃなくて、腹黒な外面人間だ!』なんて吹聴しても、たぶん私の方が『あいつ幻覚でも見たのか?』と思われて終わりだ。

脱力しながら吐いた私の言葉に、けれど彼はなぜか妙に綻んだ笑みを溢した。

「ありがとう」

え、と耳を疑う。

「何で、お礼……?」

訳が分からなくて訊ね返すと、彼はくくっと喉を鳴らした。

「嬉しい言葉だったから」

嬉しい? 何が? 確かめたかったけれど、彼は唐突にぱんっと手を叩いて立ち上がった。

「さ、切り替えてとっとと仕事するぞ!」

「え、あ、うん……」

「……ったく、よくもまあこんなに放ったらかしにしたもんだよな。本が可哀想だっての。しかもその後始末を生徒に押しつけるとか、全く大人ってのは無責任だよな」

彼はぶつぶつとぼやきながら作業を再開した。こんな口のきき方をする人だったとは。

私は啞然(あぜん)としたまま立ち尽くす。すると彼が振り向いて眉根(まゆね)を寄せた。

「おい、早くしようぜ。ちゃっちゃと終わらせて帰りたいんだよ、俺は。この山が終わるまでは帰さねえからな。今日のノルマだ、ノルマ」

「はい……」

ついこの間読んだ少女漫画の、『私、どうなっちゃうの⁉』という台詞(せりふ)が私の頭の中を駆け巡ったのは、致し方のないことだと思う。


翌日から私は、彼の本性を知ってしまったことで付きまとわれるようになり、『誰にも言ってないだろうな?』『言ってません……』『よし』と腹黒い顔で笑う彼に、『ご褒美をやる』と突然キスをされて……なんてケータイ小説のような展開には、もちろんならなかった。

ただ、みんなの前ではいつも菩薩(ぼさつ)のような笑みを崩さない彼が、私の前では笑顔を消し、ぶっきらぼうでぞんざいな口をきくようになっただけだった。

四章　白い犬

The bouquet of bright for you,
that like asking for the moon

「なあなあ真昼ー、聞いて！　俺、赤点三つもあったんだけど！　やっべー」

ホームルームで学期初めの実力テストの成績表が返却されると、山崎くんが泣き顔で嘆いた。

「マジで次のテスト頑張らないと、冬休み補習地獄だわ。部活の大会あるのにどうしよー」

鈴木くんは「それは大変だね……」と少し眉を下げてから、

「俺でよかったらいくらでも教えるから、中間期末で挽回できるように頑張ろう」

と山崎くんの肩を叩いて励ました。

「マジで⁉　ありがと真昼！　やっぱ持つべきものは賢い友達だな」

「いやいや、俺だっていっぱい助けられてるし」

いつも通りの優しく穏やかな表情を浮かべている彼を横目で見ながら、今日も元気に巨大な猫をかぶってるなあ、と私は苦笑した。友達思いな言葉をすらすらと吐く柔らかい笑顔の裏で、今彼は一体何を考えているんだろう、と思わず邪推してしまう。

彼の本性など知るはずもない山崎くんは、「いいよなあ、真昼は」と羨ましげな声を上げた。

「天然記念物級イケメンで、頭もめちゃくちゃよくて、運動神経よくて、性格までよくて」

鈴木くんは小さく首を傾げ、曖昧な笑みだけで応える。

ここで「そんなことないよ」と謙遜するのも逆に反感を買うと分かっているのだろう。

「生まれた瞬間から人生勝ち組ですって決まってるようなもんじゃん。マジで羨ましい。俺、もしお前に生まれてたら、たぶん毎日神様に『ありがとうございます』って祈っちゃうわ」

鈴木くんはおかしそうに笑ってから、「一応褒めてくれてるの？　ありがとう」と爽やかに受け流す。

相変わらず見事な処世術だ、と感心していると、ふいに後ろから、

「ね、ね、どう？」

とひそひそ声をかけられた。油断していたので驚いて振り向くと、にやついた顔の羽奈が立っている。

「どうなのよ、影子～」

「え、どうって、何が？」

動揺のせいか思考回路がぐちゃぐちゃにつながり、まさか羽奈も鈴木くんの本性を知っていて、それをどう思うか訊かれているのか、などとありえない憶測をしてしまう。もちろんそれはすぐに彼女の言葉で否定された。

「決まってるじゃん！　真昼くんとの図書委員！　どんな感じ!?」

何だそのことか、とひそかに安堵しつつ、あははと笑って答える。

「どんな感じって……普通だよ。普通に図書委員の仕事してるだけ」

話を聞かれているのではと気になってちらりと隣を見ると、鈴木くんは山崎くんとの会話を続けていた。

もうすっかり見慣れたのに、それでも見るたびに驚いてしまうほど綺麗な横顔。

この彼と書庫整理の係になって、毎日密室にふたりきりで作業している、なんて言えるわけがない。しかも誰も知らない彼の秘密を知ってしまったなんて、羽奈が聞いたらどうなるか。きっと大興奮で妄想を繰り広げてくれるだろう。

「普通～？　真昼くんと同じ委員で～？　ケータイ小説なら絶対に恋が始まるやつじゃん！　徐々に距離が縮まってー、いつの間にか一緒にいるのが当たり前になってー、気がついたらお互いに特別な存在になってる、っていうのが王道の展開でしょ！」

鈴木くんは確かに特別な存在だけれど、それは私にとって特別というわけではなく、誰から見ても特別なのだから、意味が違う。ましてや平凡を絵に描いたような私が特別な存在になんてなるわけがない。

「小説なら、ね……。現実にはそんなこと起こらないよ」

「いやいや、私知ってるから！　事実は小説より奇なり、でしょ」

その言葉に思わずどきりとした。まさに今の私の状況をぴったり言い表したようなことわざだ。

まさか彼に腹黒で毒舌な本性があって、しかもそれを私が知ってしまって、秘密の共有者になるなんて。さすがにあまりにもファンタジーすぎて、漫画や小説でも昨今なかなか見ないレベルだと思う。王道もびっくりだ。

そんな、物語でだってありえないと思うほどの出来事が我が身に起こるなんて、まさに『事実は小説より奇なり』だ。


「……いやあ、しかし、あのchromeの鈴木真昼がこんなやつだったとは」

私が思わずそう呟いたのは、放課後の書庫で、彼に「大変だね、自分の勉強もあるのに人に教えなきゃいけないなんて」と話しかけたところ、

「本当にな。勉強さぼったんだから自業自得だろ、自分で何とかしろ、って喉まで出かかったけど、なんとか耐えたよ」

という答えが返ってきたからだった。

「こんなやつで悪かったな。生まれつきだからしょうがないんだよ」

私の正直な感想に悪態をついた鈴木くんの表情は、でも、かけらも悪いとは思っていなそうだった。もはや清々しいほどの二面性だ。

「まあ、有名税ってやつだよ。分からない教えて〜ばっかで自分でやる気もないやつに教えるなんてめんどくさいけど、ま、自分の復習にもなるしプラマイゼロ、ってことで自分を納得さ

せてる、いつも」

　肩をすくめながらぼやく姿は、ついさっきまでの教室での聖人君子ぶりとはあまりにもかけ離れていて、今まですっかり騙(だま)されていた自分の愚かさが嫌になった。

「ちなみに、テストの結果、平均何点だった？」

　段ボール箱に入れた廃棄予定の蔵書のリストを作りながら何気なく訊(たず)ねると、「九十一点」というとんでもない答えがさらりと返ってきた。

　学年全体の平均点は約五十点だったので、きっと九十点以上は数人いるかどうかだと思う。もしかしたら彼ひとりかもしれない。

「私は八十もいかなかったよ……やっぱり天才は凄(すご)いな、一回その頭脳になってみたい」

　思わず感嘆すると、彼は片眉をくいっと上げて私を見た。

「脳みその問題じゃない、どんだけ本気で勉強したかだけだよ。努力もしないでこんな点数とれるわけないだろ」

　努力、とおうむ返しをする。

　彼の立ち居振る舞いは、何だか努力という言葉とは結びつかない気がしていた。天賦の才に恵まれていて、能力が高くて、どんなことでもさらりとこなしてしまうようなイメージが強い。表の顔にせよ、裏の顔にせよ。

　でも、いくら生まれながらに頭がよくても、勉強せずに学年トップレベルの成績を維持できるわけがない。スポーツもきっと同じだ(私はそもそも運動音痴だからよく分からないけれど)。

「そっか、努力……そりゃしてるよね。ちなみに毎日何時間くらい勉強してる？」

こんな質問をしたら普通はみんな答えたがらないけれど、彼はさっぱりと返事をしてくれた。

「理想は毎日三時間以上だけど、言っても帰りが遅いから、普段は一、二時間できればいいほうかな。時間とれない分、どうやって密度上げるかばっかり考えてるよ」

「あ、そっか、学校だけじゃないもんね」

鈴木くんには仕事がある。勉強や部活だけの一般学生たちとは根本的に異なるのだ。

本性のほうの彼と話していると、何だか芸能人と話しているということを忘れてしまいそうになる。

「……鈴木くんってさあ、普段はどんな生活してるの？」

純粋な疑問だった。普通の高校生ではない彼は、一体どういうふうに日々を過ごしているのだろうか。こんなことを訊いてもいいのか分からなかったけれど、彼は「うーん」と少し首を捻(ひね)ってから答えてくれた。

「たぶん聞いても何も面白いことないぞ？　火木土は歌とダンスのレッスン、水金日は演技のレッスンが入ってるから、撮影がない日は基本ずっと訓練所にいるって感じだしな。毎日学校と訓練所の往復だな」

そうか、と私は目から鱗(うろこ)が落ちたような感覚に陥った。

アイドルの仕事というのは、私たちが思い描くような、きらきらとしたスタジオでの撮影だけではなくて、それに向けてのレッスンまで含まれるのか、と今さらながらに理解する。てっきりカメラを向けられている間だけが仕事かと思っていた。

というより、私たちが普段目にするテレビ番組や映画での数時間は、たとえばスポーツで言えばあくまでも試合本番のようなもので、そこに至るまでの準備や練習の方が膨大な時間を費やされているのだろう。

「そっかー、ほぼ毎日レッスンなんだね。よくやるねえ……」

「まあ、スケジュール的には大変だけど、ちゃんと休憩もあるし、夜は基本九時までには終わるし、別にそこまでじゃないよ。それに、部活やってるやつらも似たようなもんだろ。朝練も土日練もあるわけだし」

「まあ、確かに……」

　でも、帰宅部の私はどうだ。部活の練習も習い事もないのに、毎日家に帰って何をしているだろう。思い浮かべてみると、勉強もそこそこにソファやベッドに寝転がって、だらだらと本や漫画を読んだり、スマホをいじっているうちに気がついたら何時間も経っていたり、堕落の限りを尽くしている。

　こんなんだから、私は駄目なんだよな。平凡人間から抜け出せなくて当然だ。そんな思いで自然と心が沈み込んでいく。

　ふう、と溜め息をついてから、彼の視線が気になって私は慌てて表情を変えた。

「てことは、自由時間は月曜日とレッスン終わった後だけ？　そういうときは何してるの？」

「あー、月曜はレッスン休みだし、仕事も基本入れないようにしてもらってるから、勉強の日って決めてて、一週間分の課題と予習と復習を全部終わらせることにしてる。夜は基本毎日、ざっと予習復習の見直しした後は録画してたドラマとかバラエティとか、借りてきた映画とか観てるかな。しゃべりと演技の勉強ってことで」

彼は平然と答えたけれど、私は度肝を抜かれて「えっ」と声を上げた。

「え、何、ちょっと待って。一体どんな時間軸で生きてるの？　鈴木くんだけ一日が五十時間くらいあるの？　もしくは一週間が十日あるの？」

鈴木くんは、ははっと軽く笑った。

「なわけねーだろ、普通に二十四時間、七日だよ」

「ですよねー……」

同い年で、同じ人間なのに、こうも違うものだろうか。比べると、まさに月とすっぽんだ。

「何でそんなにがむしゃらに頑張れるわけ？」

「がむしゃら？　……うーん、自分ではあんまりそう思わないけど……」

彼は作業の手を止めて、何かを考えるように斜め上を見つめた。

「何でだろうなあ……少しでも認められたい、居場所を見つけたいから、かな」

「……へえ？」

認められたい、という言葉は意外だった。そこに立っているだけで、いや息をしているだけでも、周囲の誰もが彼の存在を認めるだろうに。これ以上、認められるために頑張る必要があるのだろうか。

でも、訊けなかった。彼の表情は、どこか強ばっているようにも見えたから。軽々しく深掘りする気にはなれなかった。

少し温度の下がった空気を変えたくて、私は冗談めかした口調で言う。

「何か、まんまと嵌められてる感じがして嫌だな」

すると彼は少し眉を上げ、おかしそうに口角を上げた。

「何だよ、嵌められてるって」

「いやほら、よく漫画とかにあるでしょ、お決まりの王道展開でさ、自信満々な完璧キャラが実は陰で努力してるの知って見直しちゃう、みたいな」

「あー、それで惚れちゃう、みたいな？」

「いや、惚れはしないけど」

「惚れないのかよ！」

「惚れないよ」

何度も言うけれど、彼のような完璧な顔の隣に平然と立って、しかも好きだの何だの言えるような強靭な精神力は、私は持ち合わせていない。こうやってふたりで会話をすることさえ、彼の開けっ広げな裏の顔でなければ、絶対に無理だ。

でも、彼が比類なく《特別》である理由が、今の話で分かった気がした。

彼の強烈な輝きや魅力は、外面的な容姿だけではなく、その内面からも溢れ出しているものなのだ。寝る間も惜しんで並外れた努力をしてきたからこそ、彼は《特別》でい続けることができるのだろう。もちろん持って生まれたものがとても大きいとは思うけれど。

「それに引き換え私は、言うのも恥ずかしいくらい堕落した生活してるよ、ほんと……。私が毎日だらだらと無為に過ごしてる時間を、鈴木くんに分けてあげたいくらい」

時間だって、私なんかに使われるよりも彼のものになったほうが喜ぶと思う。

でも、彼は「そうかあ？」と不思議そうに首を傾げた。

「染矢さんって、あれだろ、たぶん、そのだらだら時間に好きな本とか読んでるわけだろ」

「うん、まあ……」

「それなら、堕落とか無為とか考えなくていいんじゃね？」

思いも寄らない言葉に、今度は私が作業の手を止めた。

「だって俺は、仕事してるって言えば偉そうに？　凄そうに？　聞こえるかもしれないけど、アイドルも俳優もただ自分がやりたくてやってることだしな。趣味みたいなもんだよ。自分の趣味のためにたくさん時間使ってるってだけで、それは漫画が好きなやつとかゲームが好きなやつが徹夜して没頭したりするのと、何も変わらない」

「えー……そうかなあ？」

「そうだよ」

彼が屈託なく頷(うなず)いたとき、下校時間を知らせるチャイムが鳴った。

何だか今日はあっという間に時間が過ぎた気がした。たくさん話をしたからだろうか。

「じゃ、片付けて帰るか」

そう言って彼がペンをリュックの中にしまい始めたとき、内ポケットのファスナーにキーホルダーがついているのが見えた。

ぼろぼろになった白い犬のキャラクター。

途端に懐かしさが込み上げてきて、思わず「マロだ！」と叫んでしまった。

「え、何？」

彼が驚いたように振り向く。

「あっ、ごめん、リュックの中見えちゃって。そのキーホルダー、マロだよね？」

昔流行った『マロミロ』という二匹の犬のキャラクター。白いほうが男の子のマロで、茶色いほうが女の子のミロ。

「鈴木くん、マロミロ好きなの？　意外〜！　けっこう可愛いとこあるんだね」

「あ、このぬいぐるみ？」

彼は眉を上げて視線を落とした。色褪せて毛羽立った布製のそれを、ふわりと柔らかく握る。もう何度もそうしてきた、というような慣れた手つきで。

「ちっちゃいとき、めっちゃ人気だったよね。私もそのキャラ好きだったんだ。それと同じようなキーホルダーも持ってるよ。すごくはまってたんだよねー。可愛いよね」

私のものはずっとランドセルにつけていたせいでずいぶん古ぼけてしまって、今は使っていない。でも、思い出の品なので捨てられなくて、ずっと机の引き出しの奥にしまってある。

鈴木くんはまじまじと手の中のキーホルダーを見て、

「へえ……。これ、そんなに有名なやつなの？」

と呟いた。私は驚きの声を上げる。

「知らないの？　めちゃくちゃ流行ったじゃん！　幼稚園とか小学校低学年のころ」

「……知らなかった」

彼は意外そうな顔をしていたけれど、私のほうこそびっくりだった。

マロミロはテレビアニメもあったし、映画にもなったし、おもちゃ屋さんでもたくさんのグッズが売られていて、私の周りには知らない子はいなかった。誰かが新しいグッズを買ってもらうたびに、みんなが集まって見せてもらっていたものだった。でも流行は女子が中心だったので、男子は知らないのか。

「知らなかったなら、何で持ってるの？　それ。もしかしてあれ？　ギャップ萌え狙ってる？」

「はあ？」

私の言葉に彼は目を丸くした。

「何だよ、ギャップ萌えって」

「かっこよくて完璧に見えるけど、意外と可愛いとこもあるよ、ギャップいいでしょ、みたいな演出してるのかなと思って」

「んなわけねーだろ」

はははっとおかしそうに笑い、でも彼は妙に懐かしげに目を細めてキーホルダーを見つめた。

「これ、貰いもの。だからどんなキャラとかは知らなかった」

「へえ……」

愛おしむような彼の視線に、唐突にぴんときた。

「もしかして、彼女からのプレゼントとか？」

にやりと笑って訊ねると、彼は怪訝そうな顔をした。

「いやだから彼女とかいたことないって。前言ったじゃん。これは恩人からのプレゼントだよ」

「ええっ、あれ本当に本当なの？　彼女いないって。猫かぶってるときに言ってたから、てっきりそういうキャラ設定なのかと。恋愛なんて興味ありません、仕事が恋人です、みたいな」

「んなわけねえだろー」

彼は口許を歪めてふっと笑う。

「ていうかさあ」

片付けを終えて書庫を出たとき、彼が口を開いた。

「俺に猫かぶってるとか言うけど、染矢さんもなかなかのもんだよな。実はめちゃくちゃよく喋るし、何気に毒舌だし、何かとひねくれてるしさ。おしとやかで物静かな染矢さんが、実はこんな性格だとは、俺だって夢にも思わなかったなー」

「ええ？　おしとやかで物静か？」

そんなふうに見られていたとは、私も夢にも思わなかった。実際の私とは正反対だ。

どんな顔をすればいいのか分からなくて、「ていうか」と話題を変える。

「うちらって、前までそんなに話したことなくない？　私がどんな人間かなんて分からなかったでしょ」

きっと鈴木くんからしたら、三十九人いるクラスメイトのひとり、しかも最も目立たない部類なので、ほとんど透明人間のように視界にすら入っていなかったのではないかと思う。

「話したことないっていうか……」

彼は少し不服そうな目を私に向けた。

「だって染矢さん、最初から話しかけるなオーラめちゃくちゃ出してただろ。四月の席のとき、前後ろなのになんでか全然目が合わないからさ、どうしてだろって気になってたんだよ。プリント回すときとか俺が後ろ向くと、ぱって下向いて教科書ぱらぱらめくったり、文庫本開いたり。あれ絶対読んでなかったろ？　ふりしてまで俺の顔も見たくないくらい俺のこと嫌いなのかって、けっこうショックだったんだからな」

彼は視線以上に不満げな口調で言った。

本を読むふりをしていたことが、まさかばれているとは思わなかった。どう考えてもモブのひとりでしかない私を、意外にもよく見ていたらしい。過去の自分の振る舞いを思って、居たたまれなくなる。

「嫌いって……そういうわけじゃなかったんだけど、ていうか、そんなの気にするの？」

鈴木くんほどの存在が、私ごときから向けられる感情に気を配っていたなんて、にわかには信じがたい。でも、彼は「気にするわ」と口を尖らせた。

「だって、まあ、嫌われるって、やっぱキツいだろ」

「それは……何か、ごめん」

謝ってはみたものの、驚きは隠せなかった。

鈴木くんのような陽の極致にいる人間が、誰かに嫌われるのを怖れるなんて意外だった。そんなことを心配して顔色を窺わなくても、クラス中の、それどころか何万もの人から熱烈に愛されているのに。逆に、だからこそ、自分のことを嫌う人間がいると気に障るのだろうか。

「ていうか、染矢さんは何で隠してるわけ？」

突然質問を返されて、私は「へ？」と声を上げた。

ちょうど靴箱に辿り着いたので、上履きを脱いでローファーを取り出す。彼も同じようにスニーカーに履き替えながら、答えを待つように私を見ていた。

「隠してるっていうか……」

彼が言う通り、本当の私はかなりの皮肉屋でひねくれている。でも、余計な波風を立てたくないので、それを外には出さないようにしていた。隠しているというよりは、見せないほうが賢明だと判断したのだ。でも、それを言葉で説明するのは難しい。

「……女子は色々とめんどくさいの」

適当な言い訳を口にすると、彼は「出た出た」と肩をすくめた。

「女ってすぐそういうこと言うよな。女同士は大変、笑顔でいてもドロドロしてる、みたいなやつだろ」

私はむっとして彼を軽く睨(にら)みつける。

「何、その言い方。イラッとくるわー。男子には分かんないよ、女子の集団の苦労は」

言いながら、苦い思い出が甦(よみがえ)る。普段は記憶の奥底にしまいこんでいるけれど、たまにふとした拍子に思い出してしまうのだ。

小学六年のとき、クラスの女子のひとりと些細(ささい)なことで喧嘩(けんか)して、それがきっかけで彼女のグループから距離を置かれたことがあった。陰口を叩かれていることも何となく察していた。でも、私のほうも腹が立っていて、他に友達がいるし、別にあの子たちと仲良くしたいわけじゃないし、とあえて自分から歩み寄ることはしなかった。そのまま卒業になっても全然いいと思っていた。

でも、そんな状況を察知した担任の先生に、私と彼女たちのグループ全員が呼び出されて、『仲直りの握手をしなさい』と言われた。和解するまでは帰してくれなそうだった。

それで仕方なく、表面上は笑顔を浮かべて握手をした。彼女たちもそれは同じで、私たちの間には明らかに寒い風が吹いていた。人から言われて簡単に仲直りなどできるわけがなく、満足しているのは先生だけだった。

　そのあとの気まずさったらなかった。今思い出しても気分が悪くなる。卒業までの数ヶ月の間、私たちは笑顔を貼りつけて仲のいいふりをしているけど、お互いに心を許していないのは十分に分かっている、そんなぎすぎすした関係でやり過ごした。

　でも、そうやって表面上だけでも上手(うま)くやっていくのが学校生活を平穏に送る秘訣(ひけつ)なのだと、あのとき私は知ったのだ。変にいがみ合って悪目立ちしてもいいことがない。平和がいちばん。本心なんて言っても損するだけだ。

　あれ以来私は、本当に心を許した友達にしか本心を話さないようになった。なるべく無難に、目立たないように、言いたいことがあってもぐっと飲み込んで。

　だから今も学校では、羽奈と話すときくらいしか自分を開放していない。あっけらかんとした彼女にだけは、自分のひねくれた思いも、軽くなら打ち明けられる。

　そんな事情を、玄関に向かって歩きながらかいつまんで話すと、彼は呆(あき)れたように笑って、

「ソトヅラヨシコだなー」

と言った。私はさらにむっとして言い返す。

「ソトヅラヨシオには言われたくないんですけど」

　彼はおかしそうに声を上げて笑った。

「確かに。俺ら、ソトヅラ同盟だな」

　何それ、と肩をすくめつつ私は、この話を他人にしたのは初めてだな、と思った。自分にと

っては汚点のようなものだったので、人には知られたくなかったのだ。

でも、不思議と鈴木くんには気兼ねなく話せた。ソトヅラ同盟だからだろうか。

「まあ、でも」

彼は頭の後ろで手を組んで、気だるげに口を開いた。

「誰にだって外面はあるよな。外面がない人間なんて、めったにいないんじゃないか？　その外面の厚さはそれぞれだろうけどさ」

そんなぞんざいな仕草をして大丈夫だろうか、誰かに見られたらどうするんだろう、と少し心配しつつ、私は答える。

「まあ、そうだね、そうかもしれないね」

「そうそう。ちなみに俺は日本一外面が分厚い自信がある」

「あはは、日本一って」

「俺ほど裏表の激しい人間もなかなかいないと思う」

真面目な顔でそんなことを言うので、おかしくなって私は笑った。彼も声を上げて笑う。

ひとしきり笑い合ったあと、ふいに彼が「ていうかさー」と口を開いた。

「お互いここまでぶっちゃけて話してるのに、鈴木くん染矢さんって他人行儀に呼び合ってるの、すげー変な感じせん？」

私は「ええ？」と首を傾げた。確かに不自然な気もするけれど、だからといって他にどう呼べばいいのか。『鈴木』なんて呼び捨てにするわけにもいかないし。

するると彼は突然、驚くべきことを言った。

「なあ、これから下の名前で呼び合おうぜ」

私は一瞬足を止めてから、思いきり首を横に振った。

「ええー!? 無理無理、絶対無理!」

必死に拒否する私に、彼は「名字ってさ」とぼやいた。

「何か未だに自分の名前って感じがしないんだよな。下の名前で呼ばれたほうが、自分のこと呼んでもらってるって感じがして、落ち着くというか何というか」

それは分からなくもないけれど、だからと言って、いきなり呼び方を変えられるわけがない。

「でも、だって、私、男子のこと下の名前で呼んだことなんてないし……」

私は昔から幼馴染も年の近い親戚も女の子ばかりだったので、気軽に名前で呼び合う関係の男の子はひとりもいなかった。せいぜいくんづけ、ちゃんづけくらいしかしたことがない。

「俺だってないけど、ここまで何でも話せる相手いなかったし、どうせここまで来たらもっとぶっちゃけようぜ」

まるで悪魔の囁きのように、彼はにやりと笑って言った。

「ほら、試しに呼んでみ? いつか彼氏とかできたら呼ばなきゃいけないだろ? その練習だよ、練習。ほら、せーの!」

いくら囃し立てられたって、呼べるわけがない。

私が唇を噛んで黙り込んでいると、彼はさらににやにやしながら私の顔を覗き込んできた。

「何、恥ずかしいの? 可愛いとこあんじゃん、影子」

そんなつもりはないのに、どきりと心臓が跳ねる。男の子からそんなふうに呼び捨てにされたのは、正真正銘、人生初だった。

恥ずかしい。でも、それ以上に、何だか悔しい。

自分だけこんなに振り回されているのが無性に悔しくなって、胸の奥底に秘めていた負けず嫌いが、ふいに顔を出した。

「別に恥ずかしくないし。呼ぼうと思えば普通に呼べるよ」

こっそり深呼吸をして、覚悟を決める。

「……真昼……くん」

それでもやっぱり、呼び捨ては無理だった。

負けた、と思いながら唇を噛む。でも、彼は心底おかしそうに笑い、握ったこぶしの親指を立てて、

「ぎりぎり合格！」

と言った。やけに嬉しそうな笑顔だった。

妙にふわふわとした気持ちのまま、彼と別れて電車に乗り、帰宅した。

ぼんやりしているうちに夕食の時間になり、ぼんやりしたまま席につくと、テレビに彼が映

っていて、思わず口に含んだお茶を噴き出しそうになった。

流れているのは特番の歌番組で、上半期のヒットソング特集にchromeが出演しているのだ。きらきらと光をまとった歌手やアイドルたちの列の中に、彼も眩しい光を放ちながらにこやかに座っている。

『鈴木真昼さんはどうですか？　休日はどのように過ごされてますか』

進行役のアナウンサーに訊ねられて、彼は穏やかな笑みを浮かべて答える。

『そうですね、学校の宿題をしたり、本を読んだり映画を観たり……』

ついさっき、にやにや笑いながら私をからかっていた彼とは、まるで別人だ。

「いい芸名だよなあ」

突然お父さんがしみじみと呟いたので、私は「え？」と目を向ける。変な顔になっていないか、少し不安に思いながら。

独り言のつもりだったのか、お父さんが少し照れくさそうに「いや」と微笑んだ。

「chrome の鈴木真昼くん。いい芸名だと思ってな」

「え、本名だよ」

私が答えると、お父さんは「え？」と目を丸くした。

「本名？」

「うん、本名だよ。だって学校でも『鈴木真昼』だもん」

「へえ……そうなのか」

テレビに視線を戻したお父さんは、まだ少し釈然としないような顔をしていた。

お父さんの世代からすれば、真昼というのはあまりよくある名前ではないので、芸名だと思い込んでいたのだろう。さすが、『影子』という古風な名前を私につけただけある。

それにしても、芸能人なんて全く関心のないお父さんが鈴木真昼のことを知っていて、興味を示すなんて意外だった。やっぱり、娘と同い年で、しかも同じ学校に通っているとなると、親目線で見てしまうのだろうか。

トークが終わると、chrome のパフォーマンスが始まった。

「頑張ってるなあ……」

お父さんはまた、独り言のように呟いた。目を細めて、本当に嬉しそうな顔をしている。

何だかおかしくなって、私はからかい口調で言った。

「お父さん、鈴木真昼のファンなの？　知らなかったなー」

するとお父さんは慌てたように笑って、

「いや、ファンというか……影子と同い年で頑張ってるんだと思うとね。応援してるよ」

その答えに、最近忘れかけていた暗い炎が胸の奥をちりりっと焦がす。

同い年で、同じ学校に通っているのに、誰より《普通》な私と、誰より《特別》な彼。

お父さんから見れば、『あの子はこんなに頑張っているのに、うちの娘は……』と溜め息でもつきたい気持ちなんじゃないだろうか。

深読みしすぎかな、と思いつつも、そんな考えをなかなか振り払えなかった。

パフォーマンスが終わった直後に、ステージの袖から chrome の後輩グループがそれぞれに大きな花束を抱えて登場した。

『ドームツアー決定、おめでとうございます‼』

テレビの中で拍手と歓声が湧き上がる。

そういえば、来年全国ドームツアーをすることになったと報道されていた。

メンバー全員が花束を受け取り、笑顔でカメラに向かって『よろしくお願いします！』と手を振った。彼も両手いっぱいの色鮮やかな花束を抱え、きらきらとした満面の笑みで、全身に祝福を浴びている。

お父さんはさっきよりももっと嬉しそうに、「すごいなあ」と頷いていた。

食事を終えて部屋に入った私は、そっと学習机の引き出しを開けた。

茶色い犬の女の子、ミロのキーホルダー。これとセットで売られていたマロのキーホルダーを、テレビの中でスポットライトを浴びながら歌って踊っていたあの鈴木真昼が持っているのだと思うと、強い違和感が込み上げてくる。

席が隣になって、一緒に図書委員をすることになって、彼があまりにも普通に話しかけてくれるから、何だか妙に近づいたような気がしてしまったけれど、私たちの間には決して飛び越えられないほど深い溝があることを忘れてはいけない、と思う。

五章　幼い日

The bouquet of bright for you,
that like asking for the moon

書庫のドアを開けた瞬間、ひやりとした空気に全身を包まれて、肩先が小さく震えた。

「なんか寒いね」

思わず呟（つぶや）くと、真昼くんは「人がいないからなー」とのんびり答えた。

十一月に入り、めっきり気温が下がってきた。昨夜は特に寒かった。

それでも教室は人がたくさんいるので寒さは感じなかったけれど、ひと気のない書庫の中の空気は、まだ夜明け前の余韻を残したまま冷えきっているようだ。

「真冬になったらここに何時間もいるの厳しそうだな。今月中には片付けたいよな」

「そうだね。今、だいたい半分くらいかな？」

私たちはずらりと本棚に並ぶ蔵書を見回す。

中央の長机に積まれていた大量の本の整理は終えて、今は作業台として使っていた。段ボール箱の中のものも片付いたけれど、本棚のほうはまだまだ終わりが見えない。

「そうだな、半分ちょいくらいだろうな」

「てことは単純計算であと二ヶ月かかるよね。年内に終わればいいほう？　無理かな」

「でも、本棚に入ってるのはそれほどぐちゃぐちゃでもないし、これまでよりはさくさく進むんじゃないか？」

確かにここまでの作業は机の上や段ボール箱に無造作に保管されていた蔵書の整理が中心だったので、それほど荒れていない本棚に取りかかれば、スピードは上がるかもしれない。

「だといいねー。とりあえず頑張るしかないか」

そう言って目の前の本棚から数冊引き出すと、埃（ほこり）がふわふわと舞い上がった。こほっと咳（せき）をしながら椅子に座り、背表紙のラベルを確認しようとしたとき、右の袖（そで）に白い細かなけらが降り積もっているのに気がついた。本棚から落ちた埃がついたらしい。

今朝は肌寒さで目が覚めて、クローゼットから数ヶ月ぶりにブレザーを引っ張り出してきた。今まではブラウスだったので埃汚れは気にならなかったけれど、色が濃いのでどうしても目立ってしまう。指先でぱたぱたと払うと、真昼くんもちょうど同じ動作を始めたので、私たちは目を見合わせて笑った。

「めっちゃ埃つくね」

「上着脱いだほうがいいな、これ」

「でもさすがに寒くない？」

「だな。明日から中に一枚着てこよう」

頷(うなず)きながら言った彼のブレザー姿が、何だか新鮮だった。四月も同じものを着ていたはずだけれど、あまり覚えていない。たぶん、なるべく見ないようにしていたから。真昼くんの顔はあまりにも綺麗(きれい)すぎて、私には直視することさえ居たたまれなかった。

それは今だって変わらないのだけれど、二ヶ月も放課後を共に過ごしたことで見慣れたのか、彼の顔を視界に入れることに対する緊張感はなくなった。

窓から射し込む晩秋の午後の柔らかい光が、彼の輪郭を淡く照らし出している。

本当に、何度見ても、完璧(かんぺき)な顔だ。

「……ねえ、真昼くんてさ、鏡を見るときどんな気持ち？」

気がついたときには、前々から抱いていた疑問を口に出してしまっていた。

案の定、彼は豆鉄砲を食らった鳩のような顔でこちらを見る。

「いや、ごめん、からかいとか嫌みとかじゃなくて、純粋な疑問ね」

さすがに唐突で不躾(ぶしつけ)すぎたと反省して言い訳を付け加えつつ、それでもやっぱり気になるので問いを重ねる。

「それだけ綺麗な顔してると、自分の顔見てどう思うのかなーって訊(き)いてみたくて。やっぱ、イケメンだな〜俺、って思う？」

真昼くんはぱちりと大きな瞬きをしてから、ぷっと噴き出した。

「ははっ、そんなん初めて訊かれた。直球だなー」

肩を揺らしながらしばらく笑ったあと、彼は「そうだなあ」と首を少し傾けた。

「……小さいときは、自分の顔については何とも思ってなかった。でも今はみんながイケメンって言ってくれるから、これが『天然記念物級イケメン』の顔か……って感じで見てるかな」

真面目な顔でそんなことを言うので、今度は私が笑ってしまう。

「これが天然記念物級かーって、何か他人事みたいだね。しかも子どものときは自分がイケメンって気づいてなかったってこと？　鏡見ても？」

真昼くんは「まあ……」と片方だけ口角を上げて、ふと窓の外に目を向けた。そして、何かを思い出そうとするような顔つきでぽつりと答える。

「ガキのころは……鏡見るときは、顔のつくりとかよりも、状態のほうが気になってたっていうか……おかしく思われないかな、みたいな」

不思議な言葉選びに、今度は私が首を傾げた。

「状態……？　おかしいって？」

「いや、何ていうか、体調チェック的な？」

ふっと笑って真昼くんは答えた。それきり彼が何も言わないので、私も口をつぐむ。でも、小さな引っかかりが私の心には残った。

少し気まずい沈黙が流れる中、私たちはそれぞれに作業を進める。

ちらりと彼を見ると、どこかぼんやりと上の空で手を動かしているように思えた。

「なあ……影子」

唐突に呼ばれて、どきりとする。名前で呼び合うのにもずいぶん慣れてきたけれど、ふいに呼ばれるとやっぱり落ち着かなくなってしまう。

「……ってさあ、いい名前だよな」

続いた言葉に、少し拍子抜けした。

動揺を悟られないように、いつもの口調を心がけて「そうかな？」と答える。

「私はこの名前あんまり好きじゃないんだけど……」

すると真昼くんは「え？」と眉を上げた。

「嫌いなの？　何で？」

「いや、嫌いってわけじゃないんだけど。何ていうか、ちょっと古くさいし。もっと今っぽくて可愛くて女の子らしい名前がよかったなって、ちっちゃいときは思ってた。今はもう慣れたからあんまり思わないけど」

ふうん、と彼は首を捻って、それからさらりと言った。

「俺は好きだけどな」

突然向けられた、好き、という言葉の響きにまた胸がざわめく。びっくりさせないでよ、と心の中で悪態をついた。

「……好きって、何で？」

彼は「うーん」と少し考えてから、ゆっくりと口を開いた。

「『えいこ』って、呼びやすい響きだし。あと、何ていうか、複雑っていうか、深みがあるっていうか……お前の親が娘のために色々考えて決めた名前だろうなって感じがするから」

「……そう、かな」

この名前については、思うところが色々とありすぎるので、口を開けば負の感情が溢れ出してしまいそうな気がして、私は押し黙った。

真昼くんの視線が痛くて、気づかないふりで立ち上がり、本棚の前に立つ。

そのとき、突然ノックの音がして、ドアが開いた。顔を出したのは司書の先生だった。

「急にごめんなさいね。ふたりにちょっとお願いがあるんだけど……」

「あっ、はい」

私は本を机の上に置いて先生に向き直る。

真昼くんはさっきまでとはがらりと表情を変えて、優等生モードで「何ですか？」と言った。何度見ても目を剝(む)いてしまいそうになる鮮やかな変貌(へんぼう)だ。さすが若手実力派俳優。

「今ね、図書室のほうでクリスマスの飾りつけを作ってるんだけど、材料が残り少なくなっちゃって。人手が足りないから、買い出しに行ってくれるとありがたいんだけど」

「はい、大丈夫です」

真昼くんはにこやかに答えた。私も頷く。

「そう？　助かるわ。駅前の商店街の文具屋さんで、これを買ってきて欲しいの」

先生が手渡してきたメモを「はい」と受け取ると、真昼くんがひょいと覗(のぞ)き込んできた。

唐突な顔の近さに、思わず少し後ろに退く。

彼は先生から見えない角度でちらりと私を見て、にやりと笑った。『何照れてんだよ』とからかうように言う心の声が聞こえた気がして、私はじとりと睨（にら）み返す。

「急にこんな頼みごとしちゃってごめんなさいね。よろしくね」

「いえ、大丈夫です。僕で力になれることならいつでもおっしゃってください」

さっきまでの意地悪な笑みはどこへやら、真昼くんは完璧な笑顔で答えた。


私たちはお金の入った封筒とメモを持って、すぐに学校を出た。

ふたりで作業するのには慣れたけれど、外で肩を並べて歩くとなると全く別の話だ。どれくらいの距離をとるのが自然か分からなくて、一歩分ほど離れて歩く。

書庫を出ると、途端に彼が『鈴木真昼』なのだという意識が甦（よみがえ）ってきて、会話をすることさえ気が引けた。いつかのように『話しにくいからもっと近くに』なんて言われたら困るな、と危惧（きぐ）していたけれど、真昼くんは黙々と最寄り駅へ向かう道を歩き続けていた。

ほっとする反面、いつもの彼とは違う姿を、少し疑問に思う。

駅前の商店街は、どこもかしこも鮮やかな赤と緑に彩られていた。

「ハロウィンが終わったら、一気にクリスマス一色だよね。まだ二ヶ月近く先なのにね」

街灯からぶら下がる金色のベルを見ながら言うと、

「ああ……」

と真昼くんが小さく頷いた。

思いのほか反応が薄かったので、隣を見上げる。ぼんやりと宙を見つめる横顔はどこか上の空で、浮かない表情をしているように見えた。

「……もしかして、クリスマス、あんまり好きじゃない？」

思わず訊ねると、彼は驚いたように視線を落として私をまじまじと見つめた。

それから少し苦い笑みを唇に浮かべる。

「何でそう思った？」

「いや、何となく……」

「相変わらず無駄に鋭いな」

彼は肩をすくめてから、ぽつりと答えた。

「まあ、好きとは言えないな。……嫌な思い出しかないから……」

「嫌な思い出？　って……？」

聞いてもいい話なのか分からなかったけれど、何も言わないのも不自然な気がして、そのまま聞き返す。

真昼くんは、ショーウィンドウの中のサンタクロースの人形をちらりと見て言った。

「うちにはサンタは来なかった」

独り言のような呟きだった。私が思わず息をのむと、彼はこちらに目を戻して、小さく笑う。

「うちの親、そういうのやるタイプじゃなかったからさ」

「へえ……」

何と返せばいいか分からず、曖昧に頷くことしかできない。

「いい子にしてたらサンタが来るとか、悪い子にはサンタは来ないよとか、よその家では言うじゃん。あれ信じてさ、毎年『今年こそは』ってめちゃくちゃいい子にしてたつもりだったのに、朝起きたら、いつも枕元の靴下は空っぽだった」

「…………」

子どものころの私にとって、クリスマスイブの夜にサンタさんがこっそりとプレゼントを置いていってくれるというのは、一年でいちばんわくわくする出来事だった。きっとほとんどの子どもがそうだったと思う。それなのに、期待に胸を躍らせながら目を覚まして、空っぽの靴下を見つけるときの気持ちは、どんなだろう。

「……クリスマスくらいは、ってどこかで期待してたんだよな。ガキだったなあ」

真昼くんの言葉の端々に、私には想像もつかないような家庭の背景がちらちらと覗いている気がした。だからこそ、軽々しく訊ねたりしてはいけないように思えて、言葉が喉に貼りついて声が出ない。

「でも、人生でいちばんつらいことが起こったのが、イブの夜だった。……それ以来、クリスマスは苦手だ」

彼はどんな家で育ったんだろう。どんなことが起こったんだろう。

そう思ったけれど、暗い色に沈んだ彼の瞳を見ると、やっぱり何も訊けなかった。

「悪い、辛気くさい話して。なーんか影子相手だと口が軽くなっちゃうんだよな」

真昼くんがふいに声を明るくして、がしがしと頬をさすりながら軽い口調でぼやいた。

空気を変えようとしているのを察して、私もそれに乗る。

「そりゃ、普段あれだけ猫かぶってたらねえ。ぶっちゃけられる相手がいたら、思い切りぶっちゃけちゃうよね」

「だよなあ。さすがソトヅラ同盟、よく分かってんじゃん。……あ、あの店じゃね？」

真昼くんのすらりとした手が指差した先に、先生が教えてくれた文具屋があった。

中に入って、さっそく店内を物色する。メモに書かれた買い物リストに従って、画用紙や折り紙、ポスターカラーを選んでいると、ふいに彼が口を開いた。

「お前の家は、ちゃんとサンタ来てた？」

さっきの彼の話を聞いて、来ていたと答えるのは何だか気が重かったけれど、嘘をついても仕方がないので、正直に「うん」と頷く。

「じゃあさ、クリスマスの楽しい思い出とか聞かせてよ。俺、あんまりそういうの聞いたことないんだ」

この流れで、楽しい思い出。かなりしゃべりづらい。

でも、「そんなのないよ」なんて、もっと言えない。

「そうだなあ……。当時は楽しくなかったけど、今となってはいい思い出って話だけど」

「おう、何？」

「私がサンタさんは親なんだって気づいたの、すごい下らない経緯で笑えるんだよね。その年はね、マロミロのクリスマスケーキを予約してもらって、イブの夜、ものすごく楽しみに待ってたの。でも、仕事帰りに受け取ってきてくれるはずのお父さんがなかなか帰ってこなくて、電話しても全然つながらなくて」

真昼くんがレジで会計をしながら「それはそれは」と笑った。

「まだかな、まだかな、ってお母さんと言いながら待ってたんだけど、もう寝なきゃいけない時間になっちゃって。お母さんがもう寝なさいって言うから、私は不貞腐れて、お父さん嫌いーって心の中で叫びながら、ベッドに入ってこっそり泣いたなあ」

今となっては、仕事で疲れているのにわざわざケーキ屋さんに寄ってくれるお父さんに対して何てひどい娘だ、と思うけれど、あのときは世界の終わりみたいに悲しかったのだ。

年に一度の大イベントだからこそ、一年分の期待がクリスマスイブの夜には詰まっていた。

「だけど、サンタさんがプレゼント持ってきてくれるから、早く寝なきゃって思って頑張って寝たのね。その年は絵本とマロミロのキーホルダーをお願いしてたんだけど、朝起きて見たら、枕元に置いてあったのは絵本とミロだけだったの。嬉しいんだけど、すごくショックで、がっかりした。サンタさんお手紙ちゃんと読めなかったのかな、とか思いながらリビングに行ったら、ケーキの箱が置かれてて、わあって思って飛びついたんだけど、開けて見てみたらケーキが崩れてて、マロミロの顔も潰れてた」

あのときの悲しみは、今でも鮮明に記憶に残っていた。

片方だけのキーホルダー、崩れたケーキ。

一ヶ月以上前からずっと楽しみにしていただけに、何もかも叶えられなかったような絶望的な気分になってしまったのだ。

「プレゼントもケーキも全然だめじゃんって思ったら堪えきれなくなって、涙が出てきちゃって。そしたらね、お父さんが必死にごめんな、ごめんな、って謝ってきたの。マロの方はどこかに落としちゃったんだ、慌てて帰ってきたからケーキもぐちゃぐちゃになっちゃって、本当にごめんって。それ聞いて、あーサンタさんはお父さんなんだって気づいちゃった。それがさらにショックで、朝からわあわあ号泣。まあ、今となってはいい思い出だけどね」

大笑いするだろうな、と思って隣に目を向けると、予想に反して彼は、何か考え込むような顔でじっとこちらを見つめていた。びっくりして、どうかした？　と訊ねる前に、彼はふっと呟いた。

「いいお父さんじゃん」

「あ……うん」

今の顔は何だったんだろう、と考えを巡らせながら頷く。

でも、彼がぱっと表情を変えて悪戯っぽく笑ったので、そこで思考は途切れた。

「それにしても、ケーキが潰れて悲しくてぼろぼろ泣くなんて、影子にもそんな可愛げのある子ども時代があったんだなー」

いつものように小馬鹿にしたからかい口調。

普段ならむっとするところだけれど、今は少しほっとした。

「どうせ今はひねくれてますよ」

軽く睨みつけながら返しつつ、心に刺さった違和感を必死に無視する。

真昼くんはきらきらしていて、誰より特別な存在。今も昔も、そうであってほしかった。彼に影が差すのなんて、見たくなかった。きっと全部私の考えすぎ、勘違いだ。

買い出しを終えて学校に戻り、買ったものを先生に渡して書庫を片付けてから図書室を出ると、外はずいぶん暗くなっていた。下校時刻も過ぎているので、校舎内には他の生徒はいない。

「影子って、電車通学だよな？」

静まり返った生徒玄関で靴を履き替えているとき、ふいに真昼くんが訊ねてきた。私は「そうだよ」と答える。

「電車降りてからは？　歩き？」

出口に向かいながら「うん」と頷いた。

「駅から家はけっこう近いから」

「じゃあ、送るよ」

さらりと返ってきた言葉に、私は「えっ!?」と目を丸くした。無意識に足を止めてしまう。

「送るって？　駅まで？」

「いや、家まで」

驚きのあまり声が裏返ってしまった私とは正反対に、彼は落ち着き払って答える。

「ええっ？　何で？」

「何でって……暗いから」

彼が外を指差す。確かに暗いけど。でも、だからって。いやいやいや、と私は首と手を振った。

「歩くって言っても五分くらいだし。そんなに暗い道じゃないし。わざわざ送ってもらわなくても大丈夫だから！　ていうか何、急に、どうしたの？」

今まで一度も彼がこんなことを言い出したことはなかった。確かにこんなに帰りが遅くなったのは初めてだけれど、それにしたって、家まで送るなんて。

それより何より、彼に送ってもらうなんて、全国の女子が許さないだろう。もしも誰かに気づかれたら、そしてSNSに写真を上げられたりしたら、命を狙われかねない。

そんなふうに周りの目を気にしながら送ってもらうくらいなら、ひとりで帰ったほうがずっとずっと気が楽だし、安全だ。

「どうしたのって、別にどうもしないけど。もう暗いし、今日は月曜だからレッスンもないし、時間あるから送るってだけだよ」

「ええ～……？」

じゃあお願いします、なんて言えるわけがない。渋っていると、突然彼が腕組みをして、きつくしかめた顔を少し斜めにしてぐっと近づけてきた。

「生意気なやつだな。この俺が送ってやるって言ってんだよ、文句あんのか？」

吐息が触れ合うほど近くで見ても、非の打ちどころのない、全てが計算され尽くしたように整った美しい顔。私は瞬きも忘れて、今度は不敵な笑みを浮かべた彼をぽかんと見つめ返す。

「四の五の言わずに、黙って送られとけよ」

いくら何でもおかしい。私の知っている彼は、外面でも本性でも、少なくとも私に対しては、こんな態度をするはずがない。

「……本当どうしたの……頭でも打った？」

呆然(ぼうぜん)としたまま問いかけると、彼は屈(かが)めていた身を起こし、ぷはっと噴き出した。

それからにやりと笑って言う。

「今度の映画で演(や)る役、俺様王子風でお届けしましたー」

「……はいぃ？」

まだ状況を飲み込めないでいる私をよそに、真昼くんはまた表情を変えた。

優しい微笑み、心配そうな声。そして、愛おしげな眼差し。

「いくら強がったって、君は女の子なんだから。夜道をひとりで歩かせるわけにはいかないよ。お願いだから、僕に送らせて。……これは白馬の王子様風」

私はきっと彼を睨み上げ、肩を小突いた。

「やめてよ、もう！　心臓に悪いって……」

責めたつもりなのに、真昼くんは嬉しそうに頬を緩めた。

「心臓に悪いってことは、ドキドキ胸キュンしちゃったってことだな？」

「ち、ちが……」

「役作りの甲斐があったなー」

すぐにも否定したかったけれど、役作りなどと言われてしまったら、何も言えなくなってしまう。まんまと手のひらの上で転がされたようで悔しいけれど、確かに、ちょっと心臓が暴れてしまった。こんなにどきどきしたのは生まれて初めてかもしれない。さすがの演技力。きっと今度の映画も大成功だろう。

そんなこんなで、結局、送ってもらう流れになってしまった。裏の顔の真昼くんは、表向きのあの素直さはどこへ行った、と首を捻りたくなるくらい、頑固で聞き分けが悪い。

校門を出ると、すっかり夜色をした空には、綺麗な満月といくつかの星が輝いていた。

澄んだ冷たい空気を胸いっぱいに吸い込むと、彼に踊らされて動揺した心がすうっと落ち着いてくるのを感じた。

間違ってもカップルになんて見えないように、並んではいるものの適切な距離を保って歩く。薄闇の中でくっきりと光る駅の改札口が見えてきたあたりで、私は急に不安になってきて真昼くんを見上げた。

彼は何ひとつためらう様子もなく、すたすたと改札機に向かっていく。

「ねえ、電車乗っても大丈夫？　気づかれない？」

もしも周囲の乗客に気づかれたら大騒ぎになってしまうのではないか、と気が気ではなくて、声を落として訊ねる。

でも彼はこだわりなく「大丈夫大丈夫」とひらひら手を振りながら改札機を通り抜けた。

「だって普通に毎日電車で通ってんだから」

「え、そうなの？　変装とかしなくていいの？」

すると真昼くんが噴き出した。

「変装なんてしたら逆に目立つわ。堂々としてたら意外と気づかれないもんだよ。そもそもみんな、人の顔なんてそうそうちゃんと見ないしな。あ、ホームどっち？」

「こっち、だけど……ええー……本当に大丈夫？　熱愛スキャンダルとかになっちゃわない？」

熱愛、なんて私ふぜいが口に出すのも憚られたけれど、不安のほうが勝って、確かめずにはいられない。

彼はホームへと続く階段を昇りながら、おかしそうな声音で答えた。

「もしばれても、にっこり笑って『どうも』って会釈でもしとけば大丈夫だよ。アイドルがそんな堂々と彼女と電車乗るなんて誰も思わないだろ」

さらりと『彼女』という言葉が出たので、思わず声を上げそうになってしまった。

あくまでも喩えで、別に私のことを指して言ったわけではないと分かっているのに、冷や汗が噴き出しそうな気分だった。

「そりゃ、そうかも、しれないけど……」

そのときちょうど電車がホームに滑り込んできたので、私は「この電車」と言いながら足早に乗り込んだ。

ざっと車内に視線を巡らせる。それほど利用客の多い路線ではないし、学生の下校時間も通勤客のラッシュも過ぎているので、二十人もいないくらいだった。少し安心して、でもなるべく目立たないようにしたほうがいいだろうと、車両の端に身を寄せることにする。隣にやってきた真昼くんは、見事に『ただの同級生』にしか見えない絶妙な距離感で吊革をつかんだ。

それでも彼と目を合わせて話すには周囲が気になりすぎて、私は頭上の中吊り広告を眺めるふりをする。栄養ドリンク、転職サイト、パチンコ店。その次は週刊誌の広告で、いちばん目立つ見出しは、『お騒がせ』という言葉を添えられた、ある若手女優の名前だった。

彼女は、最近インターネット上で炎上している女優だ。彼女がSNSに何か投稿するたびに、その内容とは全く無関係な批判や誹謗中傷でコメント欄を荒らされているのを、私も何度も見た。

以前は『暇な人もいるもんだなあ』くらいの感想しか抱かなかったけれど、今は違う。芸能人なら叩いてもいいと思っているのだろうか、彼らだって人間なのに、という気持ちが込み上げてくる。

真昼くんをちらりと見上げると、彼も同じように中吊り広告を見ていた。私が見ているのに気づいたのか、彼がふいに、

「あの夫婦、仲よさそうでいいよな」

と呟いた。彼が指で示したのは、結婚のニュースの際に美女と野獣婚などと騒がれていた、お笑い芸人とモデルの夫婦だった。

「会ったことあるの？」

「いや、ないけど。テレビで見ててそう思った」

「あー、なるほど」

確かにふたりの自然な仲のよさは、画面越しにも伝わってきた。

「結婚したときは、交際二ヶ月なんて早すぎるとか、年の差がーとか、すぐ離婚するとか言われてたけどさ。何だかんだもう三年くらい経ってて、今でも仲よさそうだし、世間の目なんてそんなもんだよな」

私は彼の言葉に頷きつつも、「でもさ」と言わずにはいられなかった。

「この旦那さん、あんな美人な奥さんの隣に並ぶの、恥ずかしくないのかな」

何となく視線を交わしながらでは話しづらくて、前に目を向けた。

窓ガラスに映っているのは、完璧で特別な容姿の男の子の隣に平然と立っている、地味で平凡な顔の女の子。私はさっと目を逸らした。

残像の中で、真昼くんはきょとんとした顔をしている。きっと彼には私の言葉が理解できなかったのだろう。

「こう言ったら失礼だけどさ、この旦那さん、イケメンでもないし、おじさんでしょ。それなのに、絶世の美女とか言われてる高嶺(たかね)の花なモデルさんに告白したりプロポーズしたり、よくできたなあって思って……」

やっぱり、芸人として成功して、地位も名誉も財産も手に入れているから、それが自信になったんだろうか。彼が売れない芸人だったら、きっと声をかけることすらできなかったんじゃないかと思う。

反応がないので不審に思って目を上げると、彼がひどく怪訝(けげん)そうな顔で私を覗き込んでいた。

「……何だそれ。お前、そんなこと考えて生きてんの？　人生も脳みそも無駄にしてんなあ」

いつもの彼の軽口だとは分かっていたけれど、かっと頭に血が昇る感じがした。唇を噛(か)む。

「旦那は奥さんが好き、奥さんも旦那が好き、だから一緒にいる、それでいいじゃん。好き同士なら、何も問題ないだろ。他人からどう思われるかなんて関係ないよ」

「………」

真昼くんには《こちら側》の気持ちなんてきっと一生分からない、という思いを、何とか飲み込む。

他人なんて関係ない、と思えるのは、彼が神様から特別に選ばれた側の人間だからだ。選ばれなかった普通の人間にとっては、《そちら側》の人間と肩を並べて比較されるのは苦痛でしかないのに。

車内に到着駅のアナウンスが流れたので、私は笑みを浮かべて「次で降りるよ」と彼に声をかけた。何事もなかったように、を心がけながら、電車を降りて改札口に向かう。

駅の外に出ると、彼は足を止めて周囲に視線を巡らせた。

「ただの住宅街だから、何もないよ」

そう声をかけると、右のほうを見て目を止めた彼が、「なあ」と呟いた。

「もしかして、あっちに行ったら、でっかい木が生えてる公園がある？」

駅の北側を指差しながら彼が振り向く。私はびっくりして目を丸くした。

「え、真昼くん、知ってるの？　あるよ、おおくす公園……」

彼が示した先へ十分ほど歩くと、確かに、樹齢何百年とかいう巨大な楠が生えている公園があった。

大人ふたりが腕を回しても全く届かないほどの太い幹をしていて、細かい枝が公園全体を覆い隠すように大きく広がっているので、子どものころは『大きい木の公園』とみんな呼んでいた。

「そうか……」

真昼くんがぽつりと言って、それからふっと笑った。

「……ここ、昔住んでた街だ」

その言葉に、私は驚きの声を上げた。全く知らなかった。

「うそ！　本当に!?　このあたりに住んでたってこと？」

でも、次の瞬間、彼の顔を見て声を失った。確かに笑っているのに、どこか目が虚ろで、皮肉っぽく口許が歪んでいる。

「子どもだったからよく分かってなかったけど、ここだったんだな……」

彼は私の言葉が聞こえていたのかいないのか、ゆっくりと街を見渡しながら独り言のように呟いた。

夜風が私たちの間を吹き抜ける。

真昼くんの髪がふわりと揺れて、その表情を隠した。

それきり彼が黙り込んでしまったので、私は悩んだ末に、当たり障りのない問いを口にした。

「……実は近くに住んでたなんて、びっくりだね。でも、東小学校にはいなかったよね？　西小のほうだった？」

彼が小さく頷く。

「ああ、西のほうだった」

そうだろうな、と思う。

このあたりの校区は大きくふたつに分かれていた。私は東小に通っていたけれど、真昼くんのことは知らなかったし、噂を聞いたこともない。

でも、彼の子どものころの写真などは見たことがないけれど、とんでもない美少年だっただろうということは、容易く想像できた。近所でも校内でも話題になっていたはずだ。それでも話に聞いたことすらなかったのだから、家自体がかなり離れていたのだろう。きっと西小学校のほうでは大騒ぎだろうな、と思った。

ただ、と彼が付け加えた。

「あんまり通ってなかったし、すぐ引っ越したから、ほとんど覚えてないけど」

「ふうん……そっか」

そう返したものの、あんまり通ってなかった、という言葉に引っかかった。不登校だったということだろうか。それで引っ越した？

何だか意外だった。真昼くんのような人が、どうして不登校になってしまったんだろう。

胸に刺さって抜けない棘が、またひとつ増えたような気がする。

そんな不穏な考えを頭から追い払うように、私は強くかぶりを振った。


家の前まで送ると言い張る彼を、「親に見られたらやばいから」と必死に止めて、少し離れたところで別れた。

帰宅して夕食を終え、ふうっと溜め息を吐き出しながらベッドに寝転がった。

何だかとても長い一日だった。

天井をぼんやりと眺めながら、今日起こった出来事、真昼くんの言葉を反芻する。

彼は一体どういう人生を送ってきたのだろう。どんな過去を背負っているのだろう。どんな子どもだったのだろう。

明るい太陽の光を全身に浴びているような人に、実は暗い過去があった。そんなの物語の中だけだと思っていた。

でも、今日の彼の様子を思い返すと、どうしても邪推してしまう自分がいる。

私の考えすぎだといいのだけれど。

六章　黒い影

The bouquet of bright for you,
that like asking for the moon

「おはよー、影子！　ねえねえ、chrome の新曲、もう聴いた!?」

十二月になったある日の朝、教室に入って席についた私のもとに、羽奈が満面の笑みで駆け寄ってきた。

おはよ、と応じつつ、思わず右後方にちらりと目を向ける。真昼くんはまだ来ていないようだった。いつもなら私よりも先に登校しているので、今日は休みなのかもしれない。

ここ二週間ほど、彼は欠席や遅刻、早退が目立った。

もうすぐ公開になる映画や冬の新曲のプロモーションで、最近毎日のようにテレビに出ているので、かなり忙しいのだろうと思う。

以前感じた引っかかりが気になってはいたけれど、なかなか話せていなかった。期末テストの期間に入って書庫整理の仕事が休みになった上に、先月席替えがあって席が離れてしまったからだ。隣の席でもないのにわざわざ真昼くんに声をかけたりしたら、クラスのみんなから白い目で見られそうだった。

私は羽奈に向き直って答える。

「うん、聴いたよ」

何となく本人の前では気恥ずかしくて話しにくいけれど、いないのなら安心だ。

「昨日テレビで見た」

「私も見たー!!」

昨夜の歌番組で、発売したばかりの chrome の新曲が初披露された。『Silent Holy Night』というクリスマスソング。SNS上でもさっそくトレンド入りするほどの話題になっていた。

「超超よかったよねー! ダンスかっこいいし、曲も歌詞も最高、めっちゃ切なくて泣けた! 週末にCDショップ行くつもりだったんだけど、待ちきれなくてダウンロードしちゃったんだ。ゆうべからずっとヘビロテだよ～」

「うん、いい曲だよね」

私がそう答えた瞬間、彼女は目をまんまるに見開いた。それからにやりと笑う。

「影子、前は chrome とか真昼くんの話しても『ふーん』とか『まあ、私はいいや』って反応だったのに、最近は乗ってくれるよね」

「えっ」

意表を突く指摘に、思わず動きを止めた。

「真昼くんと一緒に図書委員やって、とうとう打ち解けてきた感じ？」

ふふふと笑いながら言われて、気づいてたのか、と内心焦った。

上手く隠していたつもりだったのに、コンプレックスからくる歪んだ拒否感を彼に対して持っていたのを、羽奈には悟られていたらしい。彼女は一見天真爛漫だけれど、実はよく人を見ているのだ。もし何かに気づいたとしても、直接的には口にしないけれど。

「うーん、まあ……意地になってたんだけど、解消されたというか……」

「そっかそっか、よかったねえ」

彼女は変に詮索したりはせずに、あっけらかんと笑って私の肩をぽんぽんと叩いた。そしてさっと話題を変えてくれる。

「あの曲聴いてたらさ、小説のインスピレーション湧いてきて、ひとつ短編書こうかなって思ってるんだよね。テストも終わったことだし」

「へえ、いいじゃん。どんな話？」

聞かせて聞かせて、と催促すると、羽奈は生き生きとした顔で語り始めた。

「ホワイトクリスマスの夜に事情があって別れたふたりが、五年後の同じ日にまた会おうって約束して、でも男の人が待ち合わせ場所に来なくて、忘れられちゃったのかなって泣いてたら、実は来る途中で事故に遭って意識不明になっちゃってて……みたいな感じ」

「うわあ……」

私は思わず声を上げた。想い合っているのに会えない、という『Silent Holy Night』の歌詞の世界観に通じるものがある。

「聞いただけで切ない、悲しい。絶対泣いちゃうやつじゃん。けど面白そう。タイトルは?」

「まだ考えてないけど、そうだなあ……聖なる夜に奇跡を、とか……って、ちょっと待って。あんまり詳しくしゃべったらサイトで探せちゃうじゃん! ペンネーム分かっちゃうじゃん!」

「ばれたか」

にやりと笑って見せたとき、ふいに羽奈が「そういえば」と暗い顔になって声を落とした。

「……意識不明と言えば、びっくりしたよね、朝のニュース。自殺未遂って……」

私は「うん……」と小さく頷(うなず)いた。

今日のニュースは、ある女優が自宅で大量の睡眠薬を飲んで意識不明の状態で発見された、という話題で持ち切りだった。電車の中吊(なかづ)り広告に載っていた、ネットで炎上していた女優だ。容態については詳しく分かっていないけれど、まだ昏睡(こんすい)状態だという報道もあった。

彼女に対する激しい誹謗(ひぼう)中傷は日々加速して、巨大な悪意の渦のようになっていた。彼女と直接の接点もない人々が、芸能人だというだけで根も葉もない噂話を楽しみ、無責任に叩いて叩いて、とうとう叩き潰(つぶ)したのだ。

叩いていた人たちは、今朝のニュースをどんな気持ちで見たのだろう。彼女が自殺未遂をしたと知って、とうとう倒してやったと満足しているのだろうか。まるでゲームのラスボスに勝ったような気分で。

「何かさ、小説とかでは死にネタってよく使われるけど、実際に知ってる人が死んだり自殺未遂とか聞いたりすると、そんな簡単に使っていいのかな……って思っちゃう」

「うん……分かる。でも、死んだりするのって悲しいけど、やっぱり泣けるし感動するし。あと、命の大切さっていうか、普段から身近な人を大事にしなきゃいけないな、って思うよね」

中学生のころ、よくお母さんと喧嘩(けんか)をしていた。何日も口をきかなかったこともあった。でも、大事な人を失う物語を読むたびに、いつ何が起こるか分からないのだと思い知らされて、ちょっとだけ素直になれたりしたのだ。そのために死にまつわる物語がいくつも紡がれているのかもしれない、と少し思う。

「さすが影子、大人っぽいこと言うね」

羽奈が屈託のない笑顔で言った。

「いやいや、そんなことないよ」

私はすごく子どもっぽい。いつだって人のことよりも自分の気持ちが最優先で、だからこそ真昼くんに対しても真っ直ぐに向き合えなかったのだ。自分勝手で自分本位。いつでも誰にでもほがらかに対応する羽奈のほうが、ずっと大人だ。

そう伝えようとしたとき、担任が教室に入ってきたので、彼女は「じゃ、またあとでねー」と手を振って離れていった。私も手を振り返し、また斜め後ろに目を向ける。

真昼くんの席はやっぱり空っぽのままだった。


昼食を終えて予鈴が鳴り、水道で手を洗って教室に戻る途中、廊下にひしめく生徒たちの中を歩くひとつの後ろ姿に目が留まった。真昼くんだ。

今日は午後からか、大変だなあ。そう思ったのも束の間、彼の様子がいつもと違うことに気づく。いつもあんなに真っ直ぐ伸びている背筋が少し曲がって、猫背気味になっている。足取りもいつになくゆっくりだ。仕事終わりで疲れているのだろうか。

距離を保って後ろをついて歩きながら見ていると、彼はゆっくりと教室のドアの前に立った。俯(うつむ)きがちに引き手に手をかけ、ふうっと深呼吸をしているように見える。

その動きに合わせて前髪がさらりとこぼれ、横顔が見えた瞬間、私は息をのんだ。

彼の顔は、まるで漂白された紙のように血の気を失って真っ白だった。

私が驚きのあまり動きを止めている間に、真昼くんはドアを開けて中に入ってしまった。慌てて小走りにあとを追う。私が教室を覗(のぞ)いたときには、彼はすでに席についていた。

「真昼くん」

気がついたときには、彼の横に立って声をかけていた。周囲の目が気になるから、書庫以外では極力接点をもたないようにしようと思っていたのに。

真昼くんは緩慢な動作で目を上げ、少し驚いたように私を見た。教室で私から声をかけたことにびっくりしたのだろう。

「おはよう。ねえ、大丈夫？」

そう訊(たず)ねると、真昼くんはどこか曇ったような暗い瞳(ひとみ)でゆっくりと瞬(まばた)きをしてから、力のない笑みを浮かべて小さく答えた。

「……何が？　全然大丈夫だよ」

外向きの表情と口調。周りに他の生徒がいるからだ。でもそれだけでなく、本心を隠す目的もあるのだと察する。だから私は「嘘」と小さく囁(ささや)いた。

「嘘だ。だって、顔色悪いよ」

「そう？　光の加減じゃないかな？」

彼はじわりと表情を整え、いつもの完璧な笑顔で答える。私は首を横に振った。

「具合よくないんでしょ？　保健室行って休んだほうがいいんじゃない？」

真昼くんは一瞬動きを止め、それから目を細めて静かに首を振った。

「いや……学校来れるときに、授業受けとかないと」

やっぱり無理してるんだ、と悟る。きっと、過密なスケジュールなのに、何とか登校時間が確保できるようにかなり無理をして調整しているのだろう。

「でも」

無茶して倒れたら元も子もないじゃん、と説得しようとしたとき、五時間目の始業を告げるチャイムが鳴った。

真昼くんがちらりと黒板の上の時計を見る。それから私に目を戻して、にこりと笑った。

「心配してくれてありがとう、だけど大丈夫だから。授業始まるよ」

その優しげな表情とは裏腹に、全く有無を言わさぬ調子で一方的に話を切り上げてしまった。

私は渋々自分の席に戻る。

彼の様子が気になって仕方がなかったけれど、授業中に後ろを見るわけにもいかず、私はじりじりしながら午後の授業が終わるのを待った。

帰りのホームルームが終わると同時に、私は立ち上がりながら真昼くんを振り向いた。

目が合う。でも私は、さっきのように「大丈夫？」とは訊かない。

彼がどうして頑なに大丈夫と言い張ったのか、授業中に考えてみた。そして、完璧主義な彼は自分の不調をみんなに知られたくないのだろう、と思い当たり、私は何て無遠慮なことをしてしまったのかと反省したのだ。

「図書室、行こうか」

体調のことには触れずにそう声をかけると、真昼くんは頷いた。登校してきたときよりは幾分かましになっているけれど、相変わらず顔色が悪い。本当は図書委員の仕事もしないほうがいいに決まっているけれど、彼は責任感が強いし、しかも、テスト週間でずっと休みだった書庫整理が今日から再開なので、這ってでも行くと言うだろう。

教室を出て、図書室に向かって歩き出す。俯きがちに足を動かす真昼くんの頬は、廊下の窓から射し込むまだ明るい太陽の光を浴びてもなお青白かった。貧血気味なのかもしれない。

「……本当に、大丈夫？」

ひっそりと訊ねると、彼はほとんど声にならない声でやはり「大丈夫」と答えた。

訊いても無駄だ、と私は肩を落として息をつく。

ゆっくりと階段を昇り、司書室のドアを開けた。先生はいなかった。確か今日は職員会議のある曜日だ。

書庫に入ると、真昼くんは力尽きたようにパイプ椅子に腰を落とした。

「はあー……疲れた」

私は驚きに目を見開く。彼は私とふたりのときには、普段とは比べものにならないほど自分に正直に粗野に振る舞ったりするけれど、嫌だとかつらいとか疲れたとか、マイナスの意味の言葉を使ったことは一度もなかった。

「今日はもう休んでなよ。仕事は私がやるから、そこ座って見学してて」

こんなに元気のない姿は初めてで、せめてここにいる間だけでもゆっくりしてほしくて、そう言った。それなのに彼は、

「そういうわけにもいかないだろ」

と呟(つぶや)き、深く呼吸をしてから重たげに腰を上げる。でも、立ち上がろうとした瞬間、がくりと膝(ひざ)が折れた。そのまま勢いよく身体が前屈(まえかが)みに傾いていく。

「真昼くん！」

私は慌てて駆け寄り、彼の腕を両手でつかんだ。

彼は何とか体勢を整え、床に倒れる寸前で机にすがりつく。

「どうしたの、大丈夫!?」

「……ああ、ごめん」

答えた声はあまりに弱々しく、聞いた私のほうがぎゅっと胸が苦しくなった。

「もう、本当にやめて。休んでてって。疲れてるんでしょ？」

「いや……」

真昼くんが額に手を当て、それから頭(かぶり)を振る。

揺れた髪の隙間から見える耳まで色を失って、目に痛いほど白かった。

「疲れてるわけじゃないんだ、ただちょっと、最近忙しくて……あんまり寝れてなくて。年末年始の特番があるから、撮影とか多くて、なかなか休めないから……」

切れ切れに呟く、今にも消えそうな声。私は唇を噛(か)んで小さく告げる。

「とりあえず、休まなきゃ。保健室に行こう。歩ける？」

でも、彼は俯いたまま「いや、いい」とまた首を振る。

「保健室行ったら、先生たちにばれるから……」

何それ、と言いそうになったのを必死に堪(こら)えた。

生徒だけでなく、先生にも知られたくないのか。心配させたくないということだろうか。

どこまで意地っ張りなんだ。外面がいいにも程がある。

「……分かった。じゃあ、せめて、司書室で休ませてもらおう、ソファあるから。先生は会議だからたぶん六時過ぎまで来ないと思うし、あそこなら図書室の利用者からも見えないよ」

何とか納得させられるような理由を並べると、彼はやっと頷いてくれた。

よろよろと司書室まで移動し、ソファに倒れ込むと、片腕を顔にのせて目隠しをするような姿勢になり、そのまま動かなくなる。しばらくすると静かな寝息が聞こえてきた。

私はふうっと息をついて、書庫に戻って仕事を始めた。なるべく音を立てないように、細心の注意を払って。

介抱したほうがいいだろうかと悩んだけれど、彼の性格を考えると、それによって整理の仕事が遅れるのを気にしそうだった。下手をすれば居残りをするなどと言い出しかねない。

だから、いつもよりもっと集中して、ふたりぶん働こうと決めた。

三十分ほど経ったとき、開け放しておいたドアの向こうから衣擦れの音が聞こえてきた。手を止めて覗いてみると、真昼くんはぼんやりと天井を見つめていた。それからはっとしたように目を見開き、がばっと身を起こす。

「やべ、寝てた」

「やばくないよ。もっと寝たら？」

思わず声をかけると、ぱっと視線が飛んできた。

こちらを見た顔色がずいぶん明るくなっていたので、内心ほっと息をつく。

「ごめん、影子、ひとりでやってくれてたのか？」

「別にいいよ、お互い様でしょ。いつか私がへばったときは真昼くんがふたりぶん働いてね」

あえてぞんざいな口調を心がけて告げると、彼は「分かった」と少し笑った。

「ちゃんと寝れた？　ちょっとはすっきりした？」

「ああ。まさに泥のように眠ってたな。六時間くらい寝た気分」

「そう、よかった」

私は彼のかたわらの椅子に腰かけて、気になっていたことを訊ねてみる。

「寝る時間もないくらい忙しいの？」

学生なのにそんなに仕事を詰めるなんて、事務所もどうなんだ。そう考えると怒りが湧いてきたけれど、彼は「そういうわけじゃないんだ」と笑みを溢した。

「仕事量的には普通だよ。みんなこんなもんだ。ただ、期末テストがあったから、勉強もしなきゃいけないし、なかなか睡眠時間の確保ができなかっただけ」

私はわざとらしく呆(あき)れ顔をしてみせる。

「そっちの仕事が忙しいんだから、学校の勉強は無理しなくていいのに。真昼くんなら、テストなんて適当にやっても赤点はないでしょ？」

赤点で補習、追試となってしまったら色々と支障があるだろうけれど、いつもより少し点数が悪いくらいなら問題ないはずだ。

それに、私たち一般人は大学受験のためにそれなりの成績を保っておかなくてはいけないけれど、真昼くんは違う。彼ほどの売れっ子なら、これからも芸能界で十分やっていけるだろうから、身体に負荷をかけてまで勉強をする必要はないはずだ。

でも、彼は「そういうわけにもいかねえよ」と肩をすくめた。

「仕事を言い訳にして勉強さぼったら、みんなの反感買いかねないだろ。あいつ気取ってるとか思われたくないし」

私も彼を真似て肩をすくめる。

「そんなことないでしょ。それに、どっちにしたって、そんな全てにおいて完璧なんて目指さなくてもいいんじゃない？」

学校も仕事も完璧にこなそうとするから、こんなふうに無理をしてしまって、それが祟(たた)って身体を壊してしまうのだ。そんなことになるくらいなら、手を抜けるところは適当にやり過ごしてしまえばいいのに。

そんな気持ちで口にした言葉だったけれど、彼は心底訳が分からないという顔をした。

「全てにおいて完璧？」

不思議そうにおうむ返しをしてくる。

「俺、別にそんなふうに考えてないけど」

「嘘。だって、勉強も仕事も完璧にこなそうとしてるでしょ」

彼は眉を下げて困ったような表情になり、くしゃりと髪をつかんだ。

薄い茶色の髪が陽射しを浴びて光沢を放つ。

「……自分が完璧を目指してるなんて思わなかった」

ぽつりと呟いた声は、心から驚いているようだった。

「うっそだー！」

思わず声を上げてしまう。絵に描いたように完璧な真昼くんが、それを目指してさえいないとしたら、一体誰が完璧だというのか。でも、彼は「本当だよ」と首を振った。

「完璧になろうなんて、なれるなんて、思ったこともない」

視線を落とし、膝の上で握った手をじっと見つめる。

「ただ、必死に……れようと……」

そう呟いた声はあまりに小さくて、私には聞き取れなかった。

いつか聞いた彼の生活ぶりを思い出す。あんなにも毎日身を削って努力しているのに、自分自身が完璧を目指していることにすら気づいていないというのは、よくないことなのではないか、という気が、何となくした。

限界ぎりぎりまで張り詰めている糸が、自分の状況に気づかないままある日突然ぷつりと切れてしまう、そんな映像が浮かんだ。背筋が寒くなる。

「……クロムってさ、金属元素の名前だって習ったろ」

真昼くんがふいに言った。急に何の話だろう、と訝(いぶか)しみつつ、私は頷く。化学の授業で習った元素周期表の中にＣｒ(クロム)という元素があり、金属のひとつだと教えられたのを思い出す。原子番号は何だったか。性質なども少しは習ったはずだけれど、よく覚えていない。

「自分のグループ名なのに、俺、それまで意味とか由来とか知らなくてさ、気になったから少し調べたんだ。事務所の人からは、『いろんな色』って意味でつけたグループ名だよって聞いてたんだけど、クロムがどういうものかも知らなかったから……」

さすが真面目だなあ、と心の中で感嘆する。

私は授業で習ったものをさらに自分で調べるなんて、絶対にやらない。いくら自分にゆかりのある内容だったとしても、教えられたことだけで満足してしまう。

「で、元素の本を開いてみたら、名前の由来が載ってたんだ。クロムは酸化状態によって色が変わるから、ギリシャ語で『色』って意味の“chrōma(クローマ)”から来てるんだって。それがグループ名の由来とつながるのかって見てたんだけどさ、続き読んで笑っちゃったよ」

彼は一度そこで言葉を止め、ふたつ息を吸い込んでから静かに口を開いた。

「クロムって、メッキに使われる金属なんだってさ。そんで、ルビーとかエメラルドなんかの宝石に不純物として入ってて、しかも有害で毒性が強くて、癌とか皮膚炎の原因になることもあるらしい」

彼の言わんとすることが何となく分かってきて、私は曖昧(あいまい)に頷く。

この先を聞くのが何だか怖かった。でも、彼が話したいのなら、せめて聞いてあげたい。

ぐっと拳に力を込めて、黙って続きを待つ。

「俺にお似合いな名前だよな。中身とは全然違うもの表面に貼りつけて、ぴかぴかに磨いて外側だけは綺麗に見せて、でもそんなの実は全くのまやかしでさ、ろくでもない内面は、取り繕った外面で隠してごまかして……」

否定的な言葉がすらすらと出てきて、私は言葉を失った。

彼が自分を卑下するのを初めて聞いた。こんなふうに、心の内側の柔らかい部分を開いてそのまま見せてくれたことは、今までなかった。体調が優れず弱っているせいだろうか。

何言ってるの？　真昼くんは外側だけじゃなくて中身もきらきらしてるよ。そう伝えたいと思ったけれど、今の彼に言ったところで、軽く笑って受け流されるだけのような気がした。

「……俺、後からchromeに入っただろ？」

彼は膝の上で組んだ手に目を落とした。作りもののような横顔が表情を失うと、何だか無機物のように見えてくる。

私は「うん」と頷きながら、テレビやインターネットで知ったchromeの経歴を思い返す。

彼らが八年前、六人組グループとしてデビューした当時、真昼くんはメンバーに入っていなかった。初期の彼らはなかなか日の目を見ることはなく、細々と活動しながら少しずつファンを増やしていった下積み時代を経て、三年前、主題歌を歌っていた映画が大ヒットしたことをきっかけに、一気にブレイクした。私がchromeを知ったのもそのときだった。

そして二年前、元メンバーのうちのふたりがグループを脱退してそれぞれの道に進むことになり、彼らの穴を埋める形で真昼くんが入った。人並外れて美しい容姿と完璧なパフォーマンスが瞬く間に話題となり、後から入ったにもかかわらず彼はすぐにセンターになった。

「……先輩たちは、ずっと六人でがむしゃらに頑張ってきて、五年かけてやっとchromeをあそこまで大きくしたんだ。それなのに俺は、既に売れてるグループに運よく途中参加して、何の苦労もせずに甘い蜜(みつ)だけ吸ってるようなもんだろ。そんなん、卑怯っていうか、ずるいだろ。元のメンバーからしたら、普通に考えて、むちゃくちゃ腹立って当然じゃん」

「……もしかして真昼くん、他の人たちからいじめられてるの？」

chromeのメンバー五人は、みんな仲が良さそうに見えるけれど、画面越しでは分からないこともあるのかもしれない。先輩たちからの冷たい対応によるストレスが積もり積もって、今回の体調不良につながったのか。

そう思って恐る恐る訊ねると、彼はおかしそうに「そんなわけないだろ」と笑い飛ばした。

「先輩たちは俺よりずっと大人で人間も出来てるからさ、ムカついてると思うけど絶対に俺には言わないし、顔にも態度にも出さない。むしろ可愛がってくれるよ。まあ、俺が先輩たちのこと尊敬してて懐いてる、可愛い後輩キャラを演じてるからってのもあるだろうけど」

カメラの向こうのファンや一般人に対してだけでなく、同じグループの仲間にまで、相手の求める理想像を演じているのか。さすが真昼くん、徹底している。

でも、それなら、心置きなく本心をさらけ出せる相手は、芸能界にさえいないということになりそうだ。きっと完璧主義な彼は、先輩たちに対して『可愛い後輩』を通せるように、他の関係者たちの前でもきっちりと演技をし続けているのだろうと思う。

そうなると、彼が猫をかぶらずにいられるのは自宅だけ、家族に対してだけなのだろうか。

それと、不可抗力で本性を知られた私と書庫にいるときくらい。

　そう考えて、自分の身の程知らずな思考が恥ずかしくて穴があったら入りたい気分になった。

　でも、それがなければ、彼が息をつける場所は、本当に家くらいしかないのかもしれない。

「だからかさ、ステージに立ってるとき、みんなと一緒にいるはずなのに、自分だけが異質で、ここにいるべきじゃない人間が交じってるって感じがする」

「……そんなわけないじゃん」

「いや、そうなんだよ。俺は不純物なんだ。……だから、いつも、ひとりだなって思う。大勢の視線も、眩（まぶ）しすぎるスポットライトも、もちろん俺だけに向けられたものなわけないって分かってるんだけど……、でも、何でか、自分ひとりで浴びてるような気になるんだ」

　真昼くんが窓ガラスの向こう、淡い水色の空へと視線を投げる。

「すごく……ひとりだ」

　透き通った空を眺める澄んだ瞳は、ひどく心許（こころもと）なげだった。

　いつだって穏やかな笑顔を浮かべて、それか悪戯（いたずら）っぽい笑みを滲（にじ）ませて、太陽の光を一身に浴びてさらに輝くように明るい真昼くんが、そんな孤独感を抱えていたなんて。こんなに寂しい目をするなんて。

　この三ヶ月で、本当の彼のことをたくさん知った気になっていたけれど、実はその心の奥深くにあるものを全く分かっていなかったのだ。

　ステージの真ん中にたったひとりで立ちすくみ、視界を奪うほどの強烈な光と、数えきれないほどの視線に全身を貫かれる彼の姿を思い描いて、胸がずきずきと痛んだ。

「俺は、下手したらみんなにとって有害な……、毒にもなりかねない不純物だから。それを忘れちゃいけないっていつも思ってる。だから俺は人より頑張らないといけないんだ」

「有害？　毒？」

その言葉が、また引っかかる。

彼が自分のことを不純物と考えてしまうのは、分からなくもない。芸能界という厳しい世界で何年間も一緒に戦ってきた強い結束の中に、突如中心メンバーとして飛び込んだのだ。スポーツで言えば、地区予選から勝ち上がってきたチームに、全国大会から参加してレギュラーを獲ってしまったようなものだろう。本当はそんなことはなくても、自分だけは本当の意味では仲間になれない、と思ってしまうのも当然だ。

でも、有害だとか毒だとか、そんな過激な言葉を自分に向かって吐きつけるのが、不思議で仕方がなかった。人を惹きつけてやまない真昼くんがchromeにさらなる栄光をもたらすことはあっても、有害な存在になんてなるわけがない。

「……何で、そんなふうに思うの？」

そこまで言うのには何か理由があるのだろうと訊ねると、

「何でだろうなあ」

彼ははぐらかすように答えて微かに笑った。疲れきったような笑みだった。

その表情を見ていたら、今まで劣等感や羞恥心のせいで一度も彼に伝えられていなかった言葉を、今こそ言わなくてはいけないような気がした。私なんかの言葉が励ましになるのかは分からないけれど、ほんの少しでも彼の心を温めることができるのなら。

「私から見たら、真昼くんて、純度百パーセントの宝石みたいなものだよ」

私の突然の称賛によほど意表を突かれたのか、彼は大きく目を見開いた。

少し元気を取り戻したように見えてほっとする。

「自分のことだから分からないのかもしれないけど、真昼くんは誰がどう見たってきらきら輝いてるし、紛れもなく今のchromeにとってなくてはならない存在だと思うよ。いないほうがいいなんて、きっと誰も思わない。それなのに、どうしてそんなに……不純物とか有害とか言っちゃうくらい自己肯定感が低いのか、私にはすごく不思議だよ」

ぱちぱちと瞬きをしながら聞いていた彼が、ふっと目許を緩めた。

「自己肯定感が低い、か……そうなのかな」

「うん……私はそう思うよ」

今になってみると、彼が学校のことも仕事のことも、やりすぎというほどにストイックに努力し続けているのにも、もしかしたらそのあたりに理由があるのではないかとさえ思えた。

真昼くんは何かを考えるように少し首を傾げる。

「何でだろうな。ガキの頃から否定ばっか……してきたからかな。今でも自分の悪いところとか足りないところばっかり気になるんだ」

私は「否定？」と眉根を寄せた。

「どこに否定するところがあるの？　真昼くんは頑張りすぎなくらい頑張ってるし、ちゃんと成果も出せてるのに」

彼は「成果、ねえ……」と口許を歪めた。自分を卑下しているのが伝わってくる。

私は必死に言葉を続けた。

「だって、そうでしょ。歌もダンスもchromeのセンターとして認められてるし、俳優としてもたくさん出てるし、それなのに学校の成績もすごくいいし。これ以上ないくらいにすごいじゃん。肯定してベタ褒めするところしかないよ」

「はは、影子って俺のことそんなふうに思ってたの？　何かありがと」

「……どういたしまして」

勢いで語ってしまったけれど、今までは彼の芸能活動に対して無関心なそぶりを装ってきただけに、かなり恥ずかしい。

「でもさ」

彼はふっと笑みを消し、静かな声で言った。

「俺ってさ、すげえ中途半端だから」

「中途半端……？」

「そう、中途半端。いつも思ってるよ。歌番組に出たら、歌手とかバンドとか純正のミュージシャンの人たちと比べて、恥ずかしいくらい下手くそだなってへこむし。ドラマとか映画に出たら、生粋の役者たちの本気の演技に圧倒されて、台詞（せりふ）言うのも嫌になったりするし。主役だからって持ち上げてもらったりもするけど、役者さんたちは俺と共演なんてやりにくいと思うよ。さすがに口には出さないけどさ……」

真昼くんが自分の歌や演技をそんなふうに思っていたなんて。彼の多才さに世間のみんなは賛辞を送っているのに。

「昨日の歌番組、見た？　〈Dizziness（ディジネス）〉が一緒だったんだ。何回か共演してるんだけど、いつ見ても何かもうすげえオーラでさ。歌も楽器もバカみたいに上手いし、何より雰囲気がさ、これぞ本物のミュージシャンだ！　って」

　真昼くんが名前を挙げたのは、最近若い世代を中心に大人気の実力派ロックバンドだった。

「ボーカルのリヒトさんとか、生で聴くと鳥肌立つよ、本当に。あれに比べたら、俺なんてカラオケレベルでしかない」

　リヒトはアイドルや俳優にも劣らない見映えと、強烈なオーラを持っていた。そして外見だけでなく、彼らの曲も歌も演奏も、ロックなんてよく分からない私が見ても明らかに分かるくらい、他のバンドとは一線を画していた。

　でも、そんなふうに他人と比べて卑下しなくてもいいのに。真昼くんは誰かと比べるまでもなく《特別》な存在なのに。

「AMANE（アマネ）とかも、同い年だけど、ピアノも歌もめちゃくちゃ本格的で、びっくりするくらい優しい音と綺麗な声で、聴いてると本当に天国にいるみたいな気分になるんだよ」

　動画サイトに上げていたピアノの弾き語りが『天使の歌声』と話題になって、中高生の間で急激に人気が出ている人だ。最近はテレビでも時々見るようになった。

「ああいう本物の人たちを目の当たりにするとさ、色々考えちゃって。俺なんて、アイドルと俳優の二足のわらじとか言われると、多才っぽくて聞こえはいいかもしれないけど、実際にはどっちも中途半端なだけだよなって実感させられる」

　ぽつぽつと語る彼の話に、私はもう口を挟めなかった。私にはどうしたって分からない世界だから。

「俺は、自分が嫌いだった。だから、アイドルをやったらみんなから認めてもらえるかもって思って、スカウトの人が薦めてくれたchrome新メンバーのオーディションを受けた。俳優をやれば、たとえ役でも、その間だけは自分以外の、もっといいものになれるかもしれないと思って、演劇の舞台に出てみないかって打診されたときに引き受けた。経験もないのにさ。結局そうやって、受け入れてもらいたい認められたいって色々欲張ったせいで、アイドルとしても役者としても、どっちも中途半端になっちゃってるんだよな。ひとつのことに全部を懸けて頑張り続けてきた人たちと、どっちつかずでやってる俺を、並べて語るのも申し訳ない……」

彼の否定感の根深さに、私は打ちのめされたような思いがした。

彼はきっと誰にも吐き出せないまま、自分の中だけでずっと葛藤し続けてきたのだろう。

でも、と私は口を開いた。

「真昼くんは、歌や踊りのレッスンも、演技の練習も、どっちも頑張って努力してるじゃない。それぞれに対して百パーセントの努力をしてるなら、中途半端なんかじゃないと思う」

彼が怪訝そうな顔をした。どう説明すれば伝わるか、必死に言葉を探しながら続ける。

「いい喩えか分からないけど……たとえば子どもがふたりいる親がいるとしてさ」

私の言葉に、彼が軽く目を見張った。我ながら突飛な喩えだと思ったものの、とにかく何か言わなければという気持ちに急かされて言葉を続ける。

「子どもがひとりだったら百愛せて、ふたりになったら半分になって五十ずつしか愛せないってわけじゃないでしょ？　ふたりともに対してそれぞれ百パーセント愛せるでしょ？　反対も同じね。よく親が子どもに『お父さんとお母さんどっちが好き？』って訊いたりするけどさ、どっちも好きだし、片方の好きが増えたらもう片方の好きが減るわけではないでしょ。好きの全体量が増えるだけっていうか……。真昼くんの仕事もそれと同じじゃないのかな」

やっぱり喩えが悪かったか。真昼くんの眉間にしわが寄っていく。昔一度考えたことだったので、咄嗟に思いついて口に出してしまったけれど、適切な喩えではなかった。

私は「とにかくね！」と手を叩いた。

「中途半端って言葉を使っちゃうと、何か悪く聞こえるけど、つまり真昼くんは音楽も演技も両方ともできるってことでしょ。それってすごいことじゃん。どっちも頑張ってるってことなんだから。一方を頑張ったら一方が減るわけじゃなくて、両方増えていくっていうか。そりゃあそれぞれの専門の人と比べたらあれかもしれないけど、そもそも仕事が来るってことは認められてるってことなんだから、そこはちょっとくらい自惚れたっていいんじゃない？」

「………」

真昼くんは微動だにしない。何も言わず、静かに呼吸だけを繰り返している。

私は何とか反応を引き出したくて、懸命に思考を巡らせる。

「それに、価値のない仕事なら誰もお金なんか落とさないんだから、ドラマもテレビ番組も見ないしコンサートにお客さんも来ないと思う。ちゃんと視聴率がとれるって判断されて番組に呼ばれて、コンサートにたくさんお客さんが入るんだから、鈴木真昼っていう存在に救われてる人もいるんだよ」

芸能界のことなんて何にも分からない私が、憶測だけでべらべらと喋ることを、彼は黙って聞いていてくれた。

「ツイッターとか見てると、みんながchromeとか真昼くんのこと呟いてるの、よく流れてくるよ。chromeがツアーやるとか、真昼くんがバラエティ番組に出るとか映画に出るとか、そういう情報が公開されると、ファンの人たちは本当に本当に喜んでるんだよ。『嫌なことばっかりで落ち込んでたけど、chromeの新曲聴いたら元気が出た』とか、『試写会に当たったから来月まで何があっても絶対死ねない！』とか……。親との関係とか友達のこととか恋愛とかで病むほど悩んでる子が、救いだって言ってたりする」

アメジスト用のアカウントには、直接には知らない人たちのツイートがたくさん流れてくる。お互いに顔を知らないからこそ、現実世界では誰にも溢せない思いを吐露していたりする。

そんな中で、自分の好きな芸能人の活動を心待ちにすることで、苦しい現実の中、ぎりぎりのところで何とか持ちこたえてる人が、たくさんたくさんいるのを私は知っている。

『死にたい』と呟いているのも見たことがある。

「真昼くんの存在そのものが、その子たちにとって、生きる希望とか生きる気力になってるんだよ。それって本当に本当に凄いことだと思う。普通の人には絶対できないことだよ」

ゆっくりと瞬きをしながら、言葉もなく私の話に耳を傾けていた真昼くんが、突然ばたりと後ろ向きに倒れ込んだ。

「えっ、大丈夫!?」

慌てて椅子から立ち上がると、彼は小さく「大丈夫」と答えた。ソファに横たわったその顔を見ると、ゆったりと目を閉じて、深く呼吸をしている。

しばらくして、ふいに真昼くんが呟いた。

「お前は、いいな……」

びっくりして「えっ」と声を上げてしまう。

彼に羨まれるようなものなんて、私は何ひとつ持ち合わせていないのに。

「何で？　どこが？」

怪訝に思って訊ねると、彼は薄く目を開けて私を見た。長い睫毛が頬に影を落としている。

彼は考えるように視線を泳がせてから私に目を戻し、静かに答えた。

「……すごく、普通だから」

その瞬間、忘れかけていた炎が胸の奥でじりりと燃え上がった。

私を苦しめ続けていた言葉。でも、他人からはっきり《普通》だと言われたのは、初めてだった。

しかも《特別》の見本のような真昼くんから言われたことが、自分でも思いもしなかったほどに心をぐさりと刺した。

「……どうせ私は普通だよ。一生脇役だよ……。永遠に主人公の真昼くんとは違う。だから、どうして真昼くんがそんなに悩んでるのか全然分かんないよ。紛れもなく特別なのに、まだそれ以上に特別になりたいの？」

俯いて低く言うと、彼は驚いたように身を起こした。

「影子……何言ってんだ？」

私はふふっと笑った。

「そりゃそうだよね、真昼くんには分からないよね。普通の人の悩みなんて……」

そして彼の悩みは、私のような一般人には理解も想像もできないくらい高尚だ。

「お前は脇役なんかじゃないだろ」

真昼くんはそう言ってくれたけれど、私は首を振って否定した。

その場しのぎの慰めなんて、別にいらない。自分がいちばんよく分かっているのだ。

「脇役だよ、誰がどう見ても。だって、私の名前、〝影子〟だよ？　生まれながらにして、光の当たらない場所で生きていくって決まってるみたいなものじゃん。そういう運命なんだよ」

ずっと自分の名前に対して抱いていたわだかまりを、初めて口に出した。親にも友達にも言えなかった。

でも、なぜか彼には言いたくなったのは、コンプレックスの裏返しだろうか。

今まで自分の心の中だけで何度も何度も練り回していた暗い思いは、一度言葉にすると止まらなかった。

「真昼くんの名前と正反対だよね。生まれながらに、光を浴びながら明るい場所で主人公として生きていくって決まってるような名前だもん」

彼の目が大きく見開かれた。息をのむ音が聞こえる。

「真昼くんは、生まれたときから特別なんだよ。そういう運命なんだよ」

彼は何も答えなかった。

沈黙の中に、ふたりぶんの呼吸の音だけが微かに響く。

「生まれたときから、特別……」

噛みしめるように、真昼くんが呟いた。

「……確かに、そうかもな」

私は「そうだよ」と答える。

「だから、真昼くんには……特別しか知らない人には、私の気持ちなんか絶対に分からないと思う」

「……『トクベツシカシラナイ』……」

どこか機械のように無機質な声で、彼は淡々と繰り返す。

それから突如、声を荒らげた。

「……でも、俺は特別なんて欲しくなかった！　望んで手に入れたわけじゃない!!」

感情が迸るような叫びだった。

こんな真昼くんを見るのは初めてで、私は息をのんで大きく目を見開いた。声が出せなかった。

彼は俯き、くしゃくしゃと髪を掻き乱す。

「……ごめん」

呻くように言ってから、ふうっと息を吐き出して顔を上げた。

気圧されて何も言えずにいる私が、静かな瞳に映っている。

しばらくして、真昼くんはぽつりと呟いた。

「……俺はずっと、《普通》になりたかった」

私はさらに目を見開いた。いつかのニュースで見た、女性アイドルの引退報道が頭を過る。

『普通の女の子に戻ります』

私をひどく苛々させたあの言葉。真昼くんまで、そんなことを言うのか。

「何それ……」

顔が険しくなっているのが自分でも分かる。

芸能人に疲れたから、普通の男の子に戻りたいって？　何だそれ。せっかく特別に生まれついたのに、みんなが欲しがる美しい容姿や非凡な才能を持っているのに、そんな彼が普通になりたいだなんて、まるで特別なんてものは無価値だと言っているみたいだ。

特別に憧れる自分を馬鹿にされているように、どうしても感じてしまう。

「……訳分かんない。そんなに特別なものに恵まれてるのに、欲しくなかったとか望んでないとか、……しかも普通を欲しがるなんて。ないものねだりってやつじゃないの？　そんなの、普通でしかいられない人間に失礼だよ……」

叫びたい思いを必死に堪えて、できるかぎり冷静に言った。

でも、心の中では激しい炎が渦巻いていた。

真昼くんは表情を失い、ただ真っ直ぐに私を見つめている。それから今度は私と同じように必死に感情を抑えるような声で、小さく呟いた。

「……俺だって……、お前だって……」

よく聞き取れなくて、「え」と訊き返そうとしたそのとき、私たちの間の凍りついた空気にひびを入れるように、チャイムの音が鳴り響いた。

時計を見ると、いつの間にか下校時間になっている。

「……帰るか」

ぽつりと彼が言った。

「うん……」

私はこくりと頷く。これ以上空気が悪くなる前に言い争いを終えることができて、少しほっとしていた。

私たちは無言のまま帰り支度を終え、司書室を出た。

「……具合は、大丈夫？」

そう口に出してから、体調を崩している真昼くんに対してひどい言葉をかけてしまった自分に気づいて、心底呆れた。最低だ、私。優しさのかけらもない。軽蔑する。

それを取り戻そうと思ったわけではないけれど、「ひとりで帰れる？」と訊ねる。

彼は少し笑って「大丈夫」と答えた。

「具合はよくなったし、それに事務所の人が車で迎えに来てくれることになってるんだ。そのまま家に送ってもらう予定。だから大丈夫だよ」

「そっか、よかった。今日はちゃんとゆっくり休んでね」

「ああ、そうする。さすがに疲れてるからちゃんと寝たい。倒れたらやばいしな、みんなに迷惑かかる」

その前に自分の身体を心配すべきだと思うよ、と忠告したくなる。

でも、まだぎこちない空気の中では、いつものように軽口は叩けなかった。

校門の前で別れ際、ふいに真昼くんが「あのさ」と振り向いた。

「ないものねだりって、当たってるよ」

その顔には苦い笑みが浮かんでいる。

「不思議だよな。手に入らないものほど、欲しくなっちゃうんだもんな……」

反応できずにいる私に、彼は「じゃ、また明日」と手を振って、校門の向こうへ歩き出した。

後ろ姿を見送りながら、彼に投げつけてしまった言葉を激しく後悔する。どんなに不愉快な思いをさせてしまっただろう。

本当は、ちゃんと分かっていた。ないものねだりは私のほうだということ。

しかも、私は真昼くんとは違って、自分には絶対に手に入れられないものを欲しがっているのだ。

特別な人はその気になれば普通に戻れるかもしれないけれど、普通の人間である私は、絶対に特別になんてなれない。

真昼くんは芸能人をやめれば、そのうち普通の生活を送れるようになるだろう。でも私はどうしたって普通から抜け出せないのだ。

私のほうがずっとずっとないものねだりだ。

そんなことを考えながら、重い足取りで帰途についた。


でも、このとき私は、大きな思い違いをしていた。

真昼くんが本当に欲していたものは、望めば簡単に手に入れられるようなものではなかった。

どんなに願ったって決して手に入らないもの、だったのだ。

七章　悪い夢

The bouquet of bright for you,
that like asking for the moon

車内はいつになく空いていた。いつもより三本も早い六時台の電車に乗ったので、当然だった。

席はいくつも空いていたけれど、座る気にはなれなくて、ドア脇のスペースに身を寄せてじっと窓の外を見つめる。

視界にとらえる前に飛ぶように過ぎ去っていく線路脇の家々と、ゆっくりと流れる遠い街並みの対比に、なんだかくらくらとした。

昨日、家に帰ってから、真昼くんとのやりとりを何度も何度も反芻して、思い出すたびに後悔と自分への怒りが大きくなっていった。

今日は何としても朝いちばんで彼に謝らなきゃ、と思う。

意地っ張りで天の邪鬼な私は、自分の非を認めて謝るのがあまり得意ではなかった。でも、今回のことはどう考えても私が悪いし、あまりにも浅はかだったと強く反省していた。自分の劣等感を抑えきれなくて、彼に八つ当たりをしたも同然だった。

グラウンドで朝練をしている運動部員たちを横目に校舎へと入り、教室へ向かう。

真昼くんはいつ登校してくるだろう。

見つけたらすぐに彼の席に行って、「昨日はごめん」と謝る。

英文読解の予習をしながら何度もシミュレーションをしているうちに、ふと顔を上げて時計を確かめると、いつの間にか一時間以上が経っていた。

斜め後ろを見てみる。ほとんどの生徒が登校してきてざわざわと騒がしい教室の中、彼の席はまだ空っぽだった。

今日も遅刻してくるのだろうか。昨日、「また明日」と言っていたから、欠席ということはないだろう。

なるべく早く謝りたいのに。図書委員になったときに連絡先を交換はしていたけれど、まだメッセージを送ったことはなくて、送る勇気もなかった。

ふうっと溜め息をつきながら前に向き直り、何気なく黒板のほうを見たとき、私はやっと、教室内の雰囲気がおかしいことに気がついた。

「ねえ、ニュース見た？　……」

「見た見た。マジでびっくりした……」

ひそひそと噂をし合うような声が、あちこちから聞こえてくる。

「あれはやばいよね……本当なのかな？　……」

「嘘ならあんなテレビでやらないんじゃない……」

何か大きなニュースがあったのだろうか。今朝は急いで家を出たので、朝のワイドショーもまともに見ていなかった。

どこかで誰かが話す声が耳に入った瞬間、さあっと血の気が引いたのが自分でも分かった。

「真昼くん……補導……」

「深夜徘徊（はいかい）……万引き……」

教室をぐるりと見回す。そこかしこに寄り集まってひそひそ話をしているみんなの目が、ちらちらと真昼くんの席のほうを見ていた。

慌ててスマホを取り出し、震える指で画面をタップして、ニュースサイトを開く。

――『chrome のセンター鈴木真昼、万引きで補導』

トップニュースの最上段に躍る文字列が、いちばんに目に飛び込んできた。

は？　と声が出そうになり、口許（くちもと）を手で押さえる。訳が分からない。だって昨日は六時に校門の前で別れて、彼は車で家まで送ってもらうのだと言っていた。疲れているからゆっくり寝ると言っていて……。そもそも、あの真昼くんが万引きなんてするわけがない。人に迷惑をかけたり、これまでの自分の努力を水の泡にするようなことなんて……。

でも、そういえば、昨日の彼は、体調不良だったことを差し引いても、どこか様子がおかしかった。今までは決して言わなかったような消極的なことやマイナスなことを話していた。普通が欲しいと、普通になりたかったと言っていた。

もしかして、だから？　そうしたら強制的に引退になると思って。芸能人をやめて普通の男の子に戻るために、わざと万引きをしたんじゃないか？

だとしたら、私のせいだ。私があんなことを言ったから――。

スマホを握る手がぶるぶると震えて、画面に映る文字が全く読めない。

「実は不良だったってことだろ」

みんなが声を落として話す中、ひとりの男子が大きな声で言った。

「人は見かけによらないって本当だな。まさか小学生のときから非行少年だったなんて」

にやにやしながら隣の席の女子に話しかけているのは、山崎くんだった。

「王子様ヅラしてたけど、あれ全部演技だったんだと思うとすげえよな」

「でも……本当なのかな？　だってまだ本人が認めたわけじゃなくて、ただ週刊誌の記事になったってだけでしょ？」

彼女がそう首を傾げると、山崎くんは「いやいや」と笑った。

「火のないところに煙は立たずって言うじゃん。さすがに全く何もないのに補導なんてニュースにならないだろ。何かやましいことあるんだよ、絶対」

「そっかあ、そうかもね」

私は唇を噛みながらスマホを机の上に置き、画面に再び目を落とす。

記事を読んでみると、確かに週刊誌の名前が記載されていた。

少しだけ、安心する。

まだ本当かどうかは分からない。週刊誌のスクープというなら、もしかしたら誤報かもしれないし、悪意ある報道か、誇張して書いてあることだってありうる。

落ち着いて記事を読み進めていくと、『知人A』の証言で、『鈴木真昼は小学生のころに深夜のコンビニで菓子数点を万引きして、店員に見つかって警察に引き渡されたことがある』と書かれていた。

知人Aって誰だよ、やましくないなら本名を出せ。

苛々しながら内心で悪態をつく。

記事の最後は、『今後、さらなる取材を続ける』と結ばれていた。

結局はひとりの知人の話に過ぎないということだ。真昼くんを陥れるために嘘をついている可能性も大いにあると思った。

「……大変なことになっちゃったね」

突然声をかけられて、私はぱっと顔を上げた。

ちょうど今登校してきたらしい羽奈が、顔を曇らせている。真昼くんのことを言っているのだとすぐに分かった。

「これ……本当なの？」

彼女に訊いたって仕方がないと分かっていても、思わず呟いてしまった。

「信じられないよね。違うと思うけど……早く事務所が正式に否定してくれればいいのに」

彼女はがっくりと項垂れ、それから私の肩をぽんぽんと叩いてくれた。

真昼くんはその日、学校に姿を現すことはなかった。次の日からもずっと、彼の席は空っぽのままだった。


きっと誤報に違いない、という私の小さな期待をよそに、そのニュースは信じられない速度で拡散された。

人気絶頂のアイドルのスキャンダルということで、世間の注目は一気に集まり、連日連夜、テレビもインターネットも万引き報道一色だった。

週刊誌による続報や詳報などはなく、無責任な憶測ばかりが加速していく。

テレビのニュースなどはまだ、週刊誌報道の内容を軽く紹介する程度で、冷静さを保っていたものの、ネットでの炎上ぶりは凄まじかった。

『応援してたのに、裏切られた』

『鈴木真昼、終わったな』

『万引きは立派な犯罪』

『前科者は潔く引退しろ』

などと激しい論調のコメントで溢れていた。

彼の所属する事務所のアカウントにも、大量の苦情や批判コメントが並んでいた。

『あいつには裏があると思ってた。目が笑ってない、全部が嘘っぽい』

『これまで世間の人を欺いてファンを騙してきたんだから、会見して謝罪すべき』

ツイッターを開くたびに流れてくる批判的な言葉を見かけると、心が少しずつ削られていくような感覚に陥った。

　これまで真昼くんの名前が添えられたツイートはどれも好意的なものばかりだったのに、今は目を背けたくなるような言葉の羅列。それなら見なければいいと思いつつも、好意的なコメントや応援の声を誰かが投稿しているのではないかという淡い期待を捨てきれなくて、一日に何度もチェックしてしまう。でも、期待はいつも裏切られた。

　匿名だからこその、きっと顔を出していては絶対に言えないような、残酷な言葉たち。

　仮面で顔を隠した大勢の人々が、大きな金槌を振りかざしながら真昼くんを追いかけ回し、叩き潰そうとしているようだった。

　彼が必死に積み上げてきた努力が、全て水の泡になっていく。

　まるで悪い夢を見ているような気分だった。

　万引きのニュースが事実かどうかなんて、本当はきっと誰も気にしていない。真実を確かめようともしない。彼らはただ、暇潰しの娯楽のひとつとして、面白おかしく無責任に楽しめる話題を求めているだけなのだ。

　どんなに批判しても決して反撃されないと分かっている相手、自分は完全に安全な場所を確保しつつ思い切り石を投げつけて痛めつけることができる相手の出現を喜んでいるだけ。岩陰に身を隠して不意討ちで攻撃しているようなものだ。

真昼くんは今、日本中の人たちにとって、安全圏から遠慮なく憂さ晴らしができる、そうしても許される、ちょうどいい捌け口なのだ。

もしも真昼くんに自分の顔を知られていたなら、彼らは絶対にその口を開くことはないのだろう。石を投げ返されるかもしれないから。


そんな中で、当然ながら何日経っても真昼くんは学校に姿を現さなかった。もし来たとしても、針のむしろだろう。

テレビでも彼の姿を見ることはなくなった。ＣＭも出演番組も延期という形で放送を見送られた。chrome の活動は、彼を除く四人で行われるようになった。

クラスのみんなは、いつの間にか彼の名前を口にしなくなった。まるで元からこのクラスは三十九人だったかのように。

彼の存在がなかったことにされているみたいに思えて、苛立ちを隠しきれなかった。

「真昼くん、今どうしてるかな。大丈夫かな」

昼休み、一緒にお弁当を食べていると、羽奈が心配そうに呟いた。

彼女だけは、彼のことをタブーにしたりせず、当たり前のように口に出してくれる。彼女といるときには、私も少しだけ毛羽立った心を落ち着けることができた。

「そうだね……心配だね」

私は箸（はし）の先で玉子焼きを意味もなく弄（もてあそ）びながら答える。

彼は今、この地獄のような世界で、どんなふうに過ごしているのだろう。

いつものように皮肉っぽく笑いながら、『世間は大騒ぎだな』なんて嘯（うそぶ）いてくれたらいいのに。

スクープが出てから二週間が経っていた。彼に会えなくなってたった二週間だけれど、もう何ヶ月も経っているような気がした。

顔を見て、話がしたい。でも、私たちが関わりを持てる場所は学校だけだ。彼が来てくれなければ、会うことすらできないのだ。

このまま彼は世間から消されてしまうのかもしれない。もう会えなくなるかもしれない。そんな恐怖が込み上げてきた。

放課後、古文の先生にプリントを提出するために、私は職員室に向かった。

失礼します、と声をかけて中に入る。部活動が始まっている時間なので、先生たちの姿はまばらだ。

手渡したプリントのチェックを受けている間、先生の横に立って待っていると、ふいに後ろから「鈴木真昼」という単語が聞こえてきた。反射的に背筋が伸びる。

振り向きたくなったけれど、聞こえていると気づかれたら、話をやめてしまうかもしれない。

ひそひそ声に必死で耳を澄ませて、いくつかの単語を何とか拾った。

「今日……生徒が帰ったあと……書類を提出……」

どくどくと心臓が暴れ出す。もしかして、下校時間が過ぎたあと、学校に来るということだろうか。

書類って、何の書類だろう。まさか、退学届けとか……。自分の思いつきに、今度は背筋が凍った。

十分にあり得ることだと思った。こんな状況になってしまって、普通に通学し続けることなんてできないと、彼は考えるんじゃないだろうか。

真昼くんが退学してしまうかもしれない。考えただけで額に冷や汗が滲んだ。

このチャンスを逃したら、もう二度と真昼くんには会えなくなるかもしれない。それだけは嫌だった。こんなふうに彼との関わりが絶たれてしまうことだけは、我慢できなかった。

それなら、やることはひとつだ。

私は強い決意を胸に、静かに職員室を出た。

生徒がいなくなった校舎内は、驚くほど寒かった。

底冷えがして、靴下一枚で音楽室の床を踏みしめる足下からは、途切れることなく震えが上がってくる。

両手で肩を抱きながらピアノの陰にしゃがみ込んでいると、遠くから足音が聞こえてきた。時々止まりながら、ゆっくりとしたペースで近づいてくる。巡回の先生だろう。

私は呼吸を止めて、足音が通り過ぎるのを待つ。

本来ならひとつひとつの部屋をくまなくチェックするのだろうけれど、こんな寒い中でわざわざ校内に、しかも音楽室に隠れ忍んでいる生徒がいるわけもないと思っているのか、先生は細くドアを開けただけで、ろくに中を確かめることもしないまま通り過ぎていった。

しばらく息を殺したまま気配を窺(うかが)っていたけれど、戻ってくる様子はなかったので、私はほっと息を吐き出して、そろそろと立ち上がった。念のため、音を立てないに越したことはないだろう。ゆっくりゆっくりとドアを開け、左右の廊下を確かめる。

誰もいないし、明かりも見えない。よし、と内心で呟いて、スマホのライトをつけて足下を照らしながら歩き出した。

それにしても、問題を起こさない真面目な優等生として生きてきた私が、まさかこんな大それたことをする日が来るなんて。自分でも驚きだった。

鞄(かばん)を抱えて、足音を忍ばせながら廊下を歩き、靴箱へと向かう。窓の外はすっかり夜の色をしていた。

玄関に着くと、私は周囲を見渡して誰もいないことを確認し、今度は靴箱の陰に身を隠した。何だか今日は、隠れたり息をひそめたりばかりしている。

ただただ静かな時間が過ぎていく。

照明の消えた校舎内は真っ暗だったけれど、不思議と恐怖はなかった。とにかく目的を果たすことだけを考えていた。

一時間近く経ったとき、外に繋(つな)がる扉の向こうから、ざりざりと砂を踏む音が聞こえてきた。足音だけで分かる。真昼くんだ。

細く扉が開き、彼が姿を現した。

外も中も明かりがないので、顔はよく見えない。でも、緩慢な動きや、記憶にあるよりもほっそりとした身体のラインから、ひどく憔悴(しょうすい)しているのが感じられた。

真昼くんがスニーカーを脱ぎ、上履きに履き替える。その背中に、そっと声をかけた。

「……真昼くん」

驚かせたくはなかったので、なるべく静かに呼んだつもりだったけれど、彼はびくりと肩を震わせて振り向いた。

「え……え?」

暗い中でも、呆然(ぼうぜん)とした顔をしているのが何となく分かった。

「ごめん、びっくりさせて……。あの、今夜書類を出しに来るって、職員室で盗み聞きして、待ち伏せしてた」

「は……え?」

「あのさ、出す書類って、何? 見せてもらってもいい?」

「え?」

私が手を突き出すと、彼は戸惑いを隠しきれない様子でリュックからファイルを取り出してきた。スマホのライトで照らして内容を見せてもらうと、今週中に提出しなければいけない学校行事関連のプリントだった。一気に肩の力が抜ける。

「何だ、これか！　よかったー、もしかして退学届けでも出すつもりなんじゃないかと思って、勝手に焦ってた」

「……退学届けは、担任と面談してからじゃないと渡してもらえないんだよ」

ぼそりと答えた真昼くんの言葉に、私は動きを止める。

「え……どういうこと？　もしかして今からその面談？」

彼はゆっくりと目を伏せた。

「まあ……一応」

「駄目!!」

彼の言葉を遮るように、私は叫んだ。それから慌てて口を押さえる。ここで騒いで先生にばれたら元も子もない。

「……ちょっと待って。何考えてるの？　何で退学なんてしなきゃいけないの？　だめ。絶対だめ。とりあえず、その書類出したらすぐ戻ってきて」

「…………」

真昼くんは答えない。私は懇願するように続けた。

「お願い、早まらないで。ね？」

「……でも」

「もし退学なんて言い出したら、私面談室に乗り込むからね!!」

彼はまた唖然（あぜん）としたように黙り込んだ。私はプリントを彼に返して、早口で告げる。

「とりあえず、用事済ませてきて。待ってるから」

「……お前、何を」

ライトに照らされた彼の顔は、何か言葉を探すかのように唇を微かに動かしている。

拒否する隙を与えないために、私は捲し立てるように続ける。

「絶対ここに戻ってきてね。何時まででも待ってるから。またあとで」

そう告げて、まだ事態を飲み込めていないらしい彼の背中を、職員室のほうへ向けて押した。

骨が分かるくらいに痩せた背中だった。どきりとした。

「……行ってらっしゃい」

「あ、ああ……」

真昼くんは戸惑いながらも歩き出した。影を背負った後ろ姿を見送り、私は壁に背を凭せる。

十分ほど経ったとき、彼がのろのろとした足取りで戻ってきた。

「お帰り」

「ああ……」

真昼くんは、さっきより少しは落ち着いたようだった。それでもまだ声は細く揺れている。

「退学とか言わなかった？」

じっとその顔を見つめて訊ねると、彼が小さく頷く。

「うん、まあ……とりあえず今日は帰りますって言ってきた」

「そっか。よかった。ありがとう」

頭を下げると、彼はやっと少し笑った。

「何でお礼なんて言うんだよ」

「嬉しかったから」

正直に思ったままを答えてから、いつかもこんなやりとりをしたことがあったな、と思い出した。あのときは逆に彼が私にお礼を言ってくれた。なんだか遠い昔のようだ。

「あのさ、とりあえず出よっか、私ここにいるのばれると面倒だから」

「ああ……」

真昼くんが小さく頷く。私たちは一緒に校舎を出て、学校の外へ向かって歩き出した。

「改めて、久しぶりだね」

隣を見上げて言う。校門の外灯に照らし出された真昼くんは、見違えるように痩せ細り、目には光がなく、頬もこけていた。

「ああ……そうだな」

「二週間ぶりだよ」

「そんなに経つのか……」

「そうだよ」

「そっか……」

真昼くんは話しかければ答えてはくれるけれど、その声には力がなく、自分からしゃべることもなかった。放っておけば何時間でも黙り込んでしまいそうだった。

本当に別人のようになってしまっている。それがとても悲しくて、苦しかった。

並んで校門を出て、駅に向かってゆっくりと歩く。

「……大変だったね」

私が声を落としてそう言うと、彼は乾いた唇に皮肉な笑みを浮かべた。

「……とうとうメッキが剝（は）がれたな」

諦（あきら）めきったような声だった。胸がぎゅうっと締めつけられる。

こんな真昼くんは初めてだった。いつだって生気の塊のように生き生きと輝いていたのに。誰が彼をこんなふうにしたんだ。何の資格があって。

「剝がれるとしても、もうちょっと先だと思ってたんだけどな……」

「そんな、言い方……」

「やっぱり偽物はすぐばれるよな。みんなを騙してきたんだから、そんな都合よくはいかない」

蔑（さげす）むように彼は笑う。

私はぐっと拳（こぶし）を握りしめた。何か慰めるような、元気づけるような言葉をかけたいけれど、何も思いつかない。

私の好きな小説の登場人物たちは、こんなときどういう言葉を選んでいただろう。たくさん読んできたはずなのに、ひとつも思い出せなかった。それなりに時間をかけて得たはずのものを、こんな大事なときに、何ひとつ役立てられない。

「……ちゃんとご飯食べてる？　ちゃんと寝れてる？」

仕方がなく、今いちばん心配していることを口にした。真昼くんはゆっくりと俯（うつむ）き、

「別に……普通に……」

ぼそぼそと答えて突然、「じゃあ」と言った。えっと驚く私に、

「俺の家、こっちだから」

彼は左手にある道を指差した。

「電車に乗るんじゃないの？」

そう訊ねてしまってから、はっと気がついた。

電車には乗れないのだ。気づかれたら、きっと酷い目に遭うから。

「……歩いて来たの？」

彼は小さく頷いた。私はくっと唇を引き結んで、それから声を上げた。

「……私も行く‼」

すると真昼くんは「は？」と訝しげに首を傾げる。私はにっこりと笑った。

「家まで送るよ。この前送ってもらったから、お返し」

「何言って……」

「一緒に行く。私、真昼くんに負けず劣らずけっこう頑固だから、決めたら譲らないよ」

眉をひそめて私をまじまじと見下ろしていた彼が、しばらくしてから、どこか諦めたように肩をすくめた。

「……まあ、いいけど」

「ありがと」

ほっとして笑うと、彼は「だから何でお礼だよ」とぼやいた。

「わがまま聞いてもらったから」

「……わがままなんて思ってねえよ」

それは、私が彼のことを心配して家までついていこうとしているのを、分かっているということだろうか。それはそれで恥ずかしかった。

真昼くんは少し俯（うつむ）きがちに黙々と歩き続け、三十分ほど経った頃、あるマンションの前で足を止めた。

「ここ。入る？」

私は頷いた。まだ全然話し足りなかった。

「何も出せないけど」

「いいよ、何もいらないよ」

微かに頷いて、彼はエントランスに入っていった。オートロックの機械に鍵（かぎ）を当てると、自動ドアが開く。そこで私はまた、はっと気がついた。

「ちょっと待って、私、いきなり部屋に行ったらあれだよね？　インターホンでおうちの人に挨拶（あいさつ）とか……」

すると彼は静かに首を振った。

「いや、誰もいないから。俺ひとりで住んでるし」

私は驚きに目を見張った。

「え……真昼くん、ひとり暮らししてるの？」

「そうだよ」

てっきり家族と一緒に暮らしていると思っていたのに。もしかして、親は遠方に住んでいるのだろうか。芸能活動のために真昼くんだけが東京に住んでいるとか。

「行くぞ」

動揺している私をよそに、彼はすたすたと自動ドアを通り抜けていった。慌てて後を追いながら、「ねえねえ」と背中に声をかける。

「ひとり暮らしなら、私、一緒に中に入ったらやばい？　週刊誌とか……」

彼はエレベーターのボタンを押しながら、皮肉っぽく笑った。

「別にいいよ。今さら熱愛スクープなんか出たってどうってことないだろ。万引き補導事件に比べたら」

投げやりな口調だった。私は言葉を失い、黙って彼と一緒にエレベーターに乗り込んだ。

エレベーターを降り、いちばん端のドアの前で彼は「ここ」と言った。鍵を差し込み、ドアを開く。

「お邪魔します……」

軽く頭を下げながら中に踏み入った瞬間、私は息をのんだ。

「汚ねえだろ」

真昼くんが自虐的に呟いた。

「ここはメッキの内側だからさ」

部屋の中は、かなり荒れていた。洗濯してあるのか分からない服や、本や雑誌、カップラーメンの空き容器やペットボトルなどのごみが散乱している。

でも、埃(ほこり)っぽかったり、ごみ袋が溜まっていたりするわけではない。少し前まではきちんと生活していた気配があった。

ということは、報道があってから、部屋を片付ける気力もなくなったという状況だろうか。この二週間の彼の荒れた生活ぶりが手に取るように分かる気がした。

「……親とか、事務所の人は、面倒見てくれないの？」

こんなことになったのだから、誰か様子を見に来たり、生活の世話をしたりしてくれたらいいのに。そう思って小さく訊ねると、彼は荷物を下ろしながら首を振った。

「親はいない」

「え……？」

もしかして亡くなったのかと思って息をのむと、私の思考を悟ったのか、彼が「死に別れたとかじゃねえよ」と口許を歪(ゆが)めた。

「たぶんどっかで生きてると思うけど、ずっと別に暮らしてるんだ。連絡もとってない」

「……そうなの」

少し強張(こわば)った彼の表情を見ると、軽々しく事情を聞き出す気にはなれなかった。

「事務所のスタッフさんたちは、俺のスキャンダル対応に忙殺されてて、俺の生活を気にするどころじゃねえしな」

「…………」

まあ座れよ、と言われて、私は真昼くんの示したソファに腰を下ろした。彼は反対側にどすんと座った。

「で、何が話したくてここまでついてきたわけ？」

私は膝(ひざ)の上の手をぎゅっと握りしめ、覚悟を決めて口を開いた。

「あのニュース……本当なの？」

真昼くんはきっと私の思惑を察している。だから今さらごまかしても意味がないと思って、単刀直入に訊いた。

彼はあっさり頷いた。

「本当だよ。ガキの頃、万引きして店にばれて補導された」

平然と吐き出された答えが、胸に突き刺さった。

心のどこかで、きっと何かの間違いだと思っていた。でも、本当だったのだ。

「ど……どうして？　万引きなんて……」

彼のことはそれほど多く知っているわけではないけれど、短い関わりの中でも、誰かを傷つけたり迷惑をかけたりするようなことを平気でできる人だとは、どうしても思えなかった。

たとえば、いじめられていて万引きを強要されたとか、不良グループに脅されたとか、何か止むに止まれぬ事情があったのではないか。

「何か理由があったんでしょ？」

彼はゆっくりと瞬きをしてから俯いて、ぽつりと答えた。

「……理由は、話したくない」

それきり彼は黙り込んでしまった。

何を訊いても、もう答えてはくれなかった。

スマホが震えたので見てみると、お母さんからのメッセージが届いていた。気がつかなかったけれど、電話も何回かかかってきていたらしい。

こんなに帰宅が遅くなったことはなかったので、心配しているのだろう。先に連絡しておけばよかった。

でも、『親はいない』と言った真昼くんの前でお母さんに電話をする気にはなれず、私は彼に目を戻して言った。

「……私、そろそろ帰らなきゃ……」

彼は俯いたまま、小さく「そうか」と言っただけだった。私はもう何も言えなくなり、静かに部屋を出た。ひどく高く分厚い壁の前に立っているような気分だった。

駅に向かってのろのろと歩いていると、荒れた部屋にひとりきりで座り込む彼の姿が目に浮かび、どんなにかき消そうとしても消えてくれなくなった。

きっと余計なお世話だろうと分かっていたけれど、居ても立ってもいられなくて、近くのコンビニに駆け込む。少しでも栄養のありそうなものを買い込み、走って戻った。

エントランスに立ち、インターホンで呼び出してドアを開けてもらうかどうか、迷惑がられないかと悩んでいると、仕事帰りの住人らしきサラリーマンが開錠して中に入っていった。私は何気ないふうを装って後をついていき、再び真昼くんの部屋の前に立った。

でも、チャイムを鳴らす勇気は出なかった。きっと無視されるだろうという予感がした。音を立てないように、ドアノブにレジ袋をかけ、すぐにエレベーターに戻った。

電車の中で、初めて真昼くんにメッセージを送った。

『影子です。食べ物と飲み物をドアにかけておきました。ちゃんとご飯食べて、たくさん水分摂って、しっかり寝てください』

読んでくれるかは分からないけれど、ありがた迷惑だと眉をひそめられるかもしれないけれど、少しでも自分に出来ることをしたかった。

自己満足、という言葉を必死に頭から振り払っていた。

八章　儚(はかな)い花

The bouquet of bright for you, that like asking for the moon

『昨日の花は今日の夢』ということわざを、いつか聞いたことがある。辞書を引いてみると、こう書いてあった。

——世の中の移り変わりが激しいこと、栄枯盛衰は移り変わりやすいものだというたとえ。

昨日の花は今日の塵(ちり)ともいう。

真昼くんを襲った現実は、まさにこのことわざ通りだと思った。

美しく咲き誇り、誰をも魅了していた花が、無情な風に吹かれて呆気(あっけ)なく散ってしまうのと同じように、彼の積み上げてきたものががらがらと崩れ去っていく。

　そして、一度散った花は、もう二度と咲かない。まるで全ては夢だったかのように、花びらは萎（しお）れ、人知れず枯れていくのだ。漢文で習った『邯鄲之夢（かんたんのゆめ）』の故事のように。

　ほんの少し前まで、彼はたくさんの人から熱い視線を注がれ、声援をかけられ、全身にスポットライトを浴び、誰よりも光り輝いていた。それは彼がたゆまぬ努力によって人々に夢を与え、期待に応（こた）え続けてきたことの対価だったはずだ。

　その彼にまさかこんな日が来るなんて。美しい花が無残に散り、儚い夢と消えることになるなんて。こんな酷（ひど）いこと、いったい誰が想像できただろう。


　万引き報道から三週間が経ち、クリスマスを目前にして浮かれた世間が真昼くんのニュースを忘れかけてきたころ、突然、真昼くんの過去について新たな記事が出された。

　私がそれを知ったのは、ある朝、アラームの音で目を覚まして、耳障りな電子音を消すためにスマホを手に取ったときだった。

　アラームを止めると、ゆうべ開いたまま寝てしまったツイッターの画面が現れた。そして、何気なく眺めていたとき、真昼くんの名前が目に飛び込んできたのだ。しかも、ほとんど全てのツイートが彼に関するもの、というほどだった。今までのように批判的に呟かれたものではなく、『可哀想』だとか『切ない』だとか、同情的なものばかりだった。

一体何が起こったのか。驚きと混乱で一瞬にして目が覚めた私は、文字通りベッドから飛び起きた。パジャマのまま一階へと駆け降りて、リビングのテレビの前にかじりつくように立つ。

アナウンサーが硬い表情をして、静かな声でニュースを読み上げていた。

『――で今月下旬、過去の補導経験について報じられたことも記憶に新しいですが、今朝方、鈴木さんについて驚きのニュースが入ってきました』

私は食い入るように画面を見つめる。

右側にぱっと真昼くんの顔写真が映し出された。いつどこで撮られたものなのか、やけに悲壮な表情をしている。万引きのニュースのときは、何かのドラマのワンカットらしい、本当に彼なのかと疑いたくなるような悪い笑みを浮かべた写真がよく使われていたのに。

『まだ覚えておられる方も多いかと思いますが、十年前、東京の××市で、凄惨な幼児虐待死事件がありました。両親による育児放棄の末に家に置き去りにされていた四歳の男の子が、心肺停止の状態で発見され、その後死亡が確認されたという事件です。全身に殴られた痕があったということで、幼い男の子が犠牲になってしまったことに多くの人々が心を痛め、大きな社会問題となりました』

何の話だ、真昼くんに何の関係が、と訝しみつつも、嫌な予感で心臓が激しく暴れ始めた。

『その亡くなった男の子の兄が、鈴木真昼さんだったということが明らかになりました』

え、と私は硬直する。頭が真っ白になって、何も考えられなくなる。

『鈴木さん自身も発見当時は非常に衰弱した状態で、回復にはかなりの時間がかかりそうだと報じられました』

日本語で話されているはずなのに、なかなか意味が理解できない。

呆然(ぼうぜん)としている私の前で、司会者から意見を求められたコメンテーターたちが沈痛な面持ちで次々と感想を語り始めた。

『あの事件は本当に酷かったですね。小さい子が亡くなる事件は本当に辛(つら)い』

『私もよく覚えています。確か真冬でしたよね。小さな男の子がふたり、冷たい家に置き去りにされて、どんなに心細く寒かったかと思うと……ニュースを見るだけでも涙が出てくるくらい悲しい事件でした』

『僕はちょうど自分の子どもが同じ年代だったので、どうしてこんなに可愛い子どもを痛めつけることができるのかと、怒りすら湧いてきましたね』

彼らが悲しそうな顔と声で話しているのが、本当に真昼くんのことなのか、私の知る彼の姿とあまりにもかけ離れていて、どうしても繋(つな)がらなかった。

『万引きで補導されたという報道がありましたよね。あれが何歳のころのことなのか、虐待事件との前後関係が分かりませんが、恐らく無関係ではないでしょうね』

『そうですね。虐待を受け続けてきたことが原因で、長くトラウマを引きずって、成長してから犯罪行為に手を染めてしまうという例も――』

私はテレビの電源ボタンを押しながら、へなへなとしゃがみ込んだ。画面が真っ暗になり、静寂が訪れる。

しばらく動けなかった。洗濯を終えたお母さんがやって来て、「どうしたの？」と声をかけてくるまで、ずっと同じ姿勢だった。私は「何でもない」と小さく答え、のろのろと二階に上がった。

着替えながら、インターネットでニュースサイトを開いてみる。

『chrome 鈴木真昼　凄惨な虐待事件の被害児童だった　弟は犠牲に』

『虐待サバイバー鈴木真昼の過去と、鬼畜親の現在』

そんな記事が大量に掲載されていて、SNSでも急速に拡散されているようだった。

真昼くんをだしにしてアクセス数を稼ごうとしているような無責任な記事なんて読みたくないという思いと、もっと詳しく知りたいという気持ちの狭間でしばらく揺れて、結局いくつかの記事を開いてみた。

ほんの数時間前に明らかになったばかりだというのに、すでに過去の新聞記事などから、かなり詳細な経緯が記されていた。

十年前のクリスマスイブの夜、幼い兄弟が育児放棄され、真冬の極寒の中、家に置き去りにされていた。弟が息をしていないことに気づいた兄が近所の男性に助けを求め、通報によって事件が明らかになった。四歳の弟は栄養失調によって死亡、小学一年の兄は極度の衰弱のため救急搬送された。ふたりとも全身に打撲や火傷などの怪我を負っていた。当時のニュース映像なども掲載されている。

記事を読んでいくうちに、記憶が甦ってくる。私と同い年の男の子ということもあり、親が泣きながらテレビを見ていて、だから幼心にも衝撃を受けて、怖いなと思ったのを何となく覚えていた。

味もほとんど分からないまま朝食を終えて、制服に着替えてお弁当を取りにダイニングへ行くと、お母さんが私を見て笑い出した。

「今日、土曜日よ？」

「あ……」

私は「だよね」と何とか笑みを浮かべて、部屋に戻って制服を脱いだ。

部屋着に着替えて、しばらくぼんやりと壁を見つめてから、スマホを手に取った。ツイッターを開くと、前回の報道の数倍も衝撃的なニュースに、世間が大騒ぎになっていることが伝わってきた。

真昼くんへの批判は、一転していた。万引きのときとは打って変わって、今度は彼に対する驚きと憐(あわ)れみの声が続々と上げられた。

そして、前回のスキャンダルのとき、

『あいつには裏があると思ってた。目が笑ってない、全部が嘘っぽい』

と厳しく批判していたアカウントが、今回のニュースに対しては、

『酷い目に遭ったのに立ち直って頑張っているなんて尊敬する。もともと他のアイドルとは違う芯(しん)の強さ、演技にも鬼気迫る凄(すご)みみたいなものを感じていた。あれは凄絶な過去があったからなのか』

などと手のひらを返して訳知り顔で語っているのを見つけて、言葉にならない薄気味の悪さと寒気を感じた。

この人は自分の以前のコメントをどのように感じているんだろう。それとも、批判するだけしてすっきりして、過去の自分の言葉は忘れてしまっているのか。

あまりの無責任さに怒りが込み上げてきて、スマホを持つ手が震えた。

芸能人というだけで、こんな理不尽な目に遭わないといけないのか。真昼くんはみんなと同じように生きていて、感情を持っている存在なのに。

スマホを閉じて、それから数時間、ベッドに横たわって天井を凝視しながら過ごした。

そして私自身も、過去の自分の言動を思い出して、タイムスリップして自分を殴りつけたいほどの後悔に苛(さいな)まれた。

司書室で真昼くんと言い争いをしてしまった日のこと。私は、アイドルと俳優の両立について自己否定的なことを洩(も)らした彼に、親子の愛情を喩(たと)えに出して話をした。

よりにもよって、何であんな喩えを選んでしまったんだろう、と吐き気がするほど悔やまれる。

百パーセントの愛だとか何とか偉そうに語った私を、真昼くんはどんな気持ちで見ていたのだろう。

あのときの彼がどんな表情をしていたのか、どうしても思い出せない。

タイムマシンがあればいいのに、過去を全てなかったことにできればいいのに、とありもしない夢想に浸ることしかできない。

遅々として進まない時計を睨(にら)みつけながら時間が過ぎるのを待ち、十時ぴったりに家を出た。

本当ならすぐにでも飛んでいきたかったのに、わざわざその時間まで待ったのは、小さい頃からお母さんに「お友達の家にお邪魔するときは早すぎても遅すぎてもご迷惑だから、午前中に伺うときは早くても十時にしなさい」と口酸っぱく言われていたからだ。「お昼どきに伺ったら食事の気遣いをさせちゃうから駄目よ」とも。

いちいちうるさいなあ、小言ばっかり、と疎ましく思っていた。今でも時々思う。

でも、真昼くんにはきっと、あくまでも私の想像だけれど、そんなふうに親が何かを教えてくれたりはしなかったんじゃないだろうか。彼が持っているものは全て自分の力で身につけてきたものなのかもしれない。

そう思うと、私はなんて恵まれた環境で生きてきたのかと改めて分かる。

外はどんよりと薄暗く、空には嵐の前のような灰色の雲が重たげに垂れ込めていた。駅に向かって早足で歩きながら、スマホでメッセージを送る。

『今から家に行ってもいいですか？　というか、今向かってます。行きます』

返事は来なかった。既読マークさえつかなかった。

真昼くんが家にいるかは分からない。いたとしても、迷惑がられるかもしれない。それでも居ても立ってもいられなくて、せめて顔だけでも見たくて、できれば会って話したくて、約束もしないまま勝手に彼のマンションまで足を運んだ。

エントランスのインターホンを鳴らす。返答はなかったけれど、めげずにしつこく繰り返すと、しばらくして、自動ドアがひとりでに開いた。彼が開けてくれたのだろう。

部屋の前に着き、チャイムを鳴らして「影子です」と声をかけると、一分ほどしてやっとドアが開いた。

顔を出した真昼くんは、どこか怯えたような目つきで外に目を走らせる。それから私に目を向け、

「……マスコミの人が、何回か来たから……。今は大丈夫そうだ」

疲れたように呟いた。

どこまでも彼を痛めつけようとする世間に、吐きそうなほどの怒りを覚えた。

どうして彼をそっとしておいてくれないのか。

「まあ、入れよ」

「うん……お邪魔します」

私は頭を下げて玄関の中に入り、ドアを閉めて鍵をしっかりとかけた。

「この前のあれ、ありがとな。食べたよ」

真昼くんが言う。私は小さく、よかった、と答えた。

「飲みもの買ってきた。一緒に飲もう」

私は紙パックのドリンクが入ったコンビニの袋をテーブルの上に置く。彼が何を好きなのか分からなくて、緑茶や烏龍茶、コーヒーやカフェオレ、紅茶、数種類のジュースなど、手当たり次第に買ってきたので、ずいぶんと大量になってしまった。ありがと、と真昼くんは呟き、中身も見ずに適当にひとつ取り、緩慢な仕草でストローを挿した。

ソファに腰かけて様子を探る。前に会ったときよりもさらに憔悴しているようだった。

「……ニュース見たから来たんだろ？」

「うん……」

「びっくりした？」

皮肉な笑みを貼りつけて、彼が言った。私は少し逡巡してから素直に頷いた。

「本当……なんだよね」

「ああ、全部報道の通りだよ」

「……そっか」

突然、どんな顔をしたらいいのか、どんな言葉をかけたらいいのか、全く分からなくなった。

目の前にいる男の子が、まだほんの子どものころに親に暴力を振るわれ育児放棄され、幼い弟の死を目の当たりにした少年なのだという実感が湧いてきて、あまりにも自分と違う境遇で生きてきた彼に対して、軽々しく口を開くことができない。

大変だったね。そんな言葉を思いついたけれど、彼の凄絶な経験を何ひとつ理解してあげられない自分には、どうしても口に出せなかった。

普通に平凡に生きてきた私なんかに、その苦しみが理解できるわけがないのだから。

「……その目だよ」

ふいに真昼くんが呟いた。虚ろな瞳で私をじっと見つめながら。

「俺がいちばん怖れてたのは、その目で見られることだよ」

「え……」

私は今、どういう目をしているのだろう。どんな顔で彼を見ているのだろう。

「……俺、もう駄目だな」

彼は疲れきったようにソファに身を沈めた。

「駄目……？」

「そう。もう駄目だよ。引退するしかないよな」

私は愕然として真昼くんを見る。彼はぼんやりと天井を仰いでいた。

「どうして？　引退なんてすることないよ。今はもう真昼くんのこと悪く言う人なんていないよ。むしろみんな応援してるよ。『早く戻ってきて』って言ってる人たくさんいるよ」

必死に励まそうとしたけれど、彼は「はは」と自虐的な笑みを溢した。

「でも、みんなが俺を見る目は変わっちゃっただろ。今までずっと演じてきた化けの皮が剝がされたんだ、どんな顔してみんなの前に立てばいいか、もう分からない」

真昼くんの声に苦しみが滲んでくる。

「これから俺はずっと、『虐待されてた可哀想な子』って目で見られるんだ。今までみたいに普通の顔して歌ったり演技したりできない。できるわけがない。テレビに映る俺の向こうに、どうしたって昔のことがちらつくだろ。作品にも悪影響が出るから、きっともう声もかけてもらえない……」

流れるようにそう語った。きっともう何度も同じことを考え、自分の中で葛藤し続けてきたのだろう。

彼はふいに立ち上がり、姿見の前に立った。そこに映る自分を見つめながら再び口を開く。

「前にさ、訊いただろ。俺は鏡を見るときどんな気持ちかって」

「うん……」

もう遥か昔のように思えるけれど、ほんの二ヶ月弱しか経っていない。彼のような容姿をしていたら、私みたいに鏡を見るたびに憂鬱になったりしないのだろう、と思って、そんなふうに訊いたことがあった。

「……子どものときはさ、鏡を見るときは、目立つところに痣や傷がないか、保育園とか学校で、先生とか友達に気づかれて、殴られてることがばれないか、そればっかり気にしてた。自分の顔のつくりなんて、意識したこともなかったよ。親と離れて施設に引き取られたあとは、『これが〝親に愛されなかった捨てられた子どもの顔〟か』……って思いながら見てた」

私はもう相づちを打つことさえできなくなり、ただ唇を嚙みしめて彼の静かな声を聞く。

「だから、街でスカウトされてデビューして、みんなに顔を褒められるようになっても、あんまり自分の顔って実感がない。だって、親に愛してもらえなかったんだから。みんながかっこいいって言ってくれるのは、まあ認められてる感じがして嬉しかったは嬉しかったけど、これは生まれつき持ってた便利な武器、って感じかな」

こんなこと言ったら嫌みっぽく聞こえるだろうけど、と彼は小さく笑い、鏡の前から離れてソファに座り直した。

「……いつもさ、腹が減ってたんだ」

唐突に彼が言う。

「あのころのことはほとんど覚えてないんだけど……とにかくいつも腹が減ってて、その記憶だけがすげえ鮮明なんだ」

それから彼はぽつぽつと当時のことを語り出した。

「飯はまともに用意されてたことがなかった。基本的に学校の給食が一日に一回の貴重な食事だった。でも、夏休みになると学校に行かないから食べられないだろ。台所には色々食いもんがあったんだけど、勝手に触ったり食べたりしたら死ぬほど怒られて殴られるから、絶対に食べられなかった」

何で、と意味もないのに口に出したくなる。どうして自分の家のものを勝手に食べただけで殴られなきゃいけないの。

でも、それが彼にとっての日常で、《普通》だったのだ。どんなにお腹が空いても、目の前に食べ物があっても、食べることを許されない。想像することさえできない過酷な現実だ。

「それである日、親がいつまで経っても帰ってこなくて、丸二日水道の水だけで過ごしてたから、とにかく腹が空いて空いてどうしようもなくて……夜中に外に出て近くのコンビニに行って、十円チョコ二個盗んだんだ。自分の分と、弟の分」

その言葉で、報道されていた万引き補導事件の真相をやっと知った。私はさすがに黙っていられなくて口を挟んだ。

「万引きって、そんなに小さい頃の話だったの？　だったら、悪いことって分かってなかったんでしょ？　補導まですることないのに……」

そんなことを言ってもどうにもならないと分かっていても、やりきれない思いが口を開かせた。真昼くんは私をちらりと見て、「分かってたよ」と呟く。

「分かってたよ、もう小学生だったし。人の物や店の売り物を金も払わずに勝手に自分のものにしちゃいけないってことくらい、ちゃんと分かってた。だって、親のもん勝手に触ったらめちゃくちゃ怒鳴られてたからさ。……分かってたけど、とにかく腹が減ってしょうがなかったんだよ。子供だったから、ちっちゃいお菓子二個くらいならばれないかなって思ったんだ」

馬鹿だよな、と吐き捨てるように言った口許が歪む。

「でも、すぐ店の人にばれて、俺はめちゃくちゃ焦って……親にばれたら殺されるって分かってたから。そんで、クソオヤジ離せって叫んで暴れたら、警察に通報された」

どうしてそんなこと、通報まですることないのに、と思ってしまう。でも、店にとっては万引きは死活問題だ。当然の対応だろう。

「交番に連れて行かれて、優しそうな女の警官に訊かれた。どうして万引きしたの？　ずいぶん痩せてるね、もしかしてご飯を食べさせてもらえないの？　って。俺は焦って、違う、チョコ食べたかったから盗んだだけって否定した。とにかく、ばれたらどうなるか恐くて仕方がなかったんだ。……何時間かして親が引き取りに来て、親はぺこぺこ謝ってたけど、家に帰ったら死ぬほど殴られた。それから三日は動けなかったくらい」

聞いているだけで、胸が引き裂かれるように痛かった。小さな子どもに、しかも自分の血を分けた子どもに、どうしてそんな酷いことができるのだろう。

「……その年の冬に、親が捕まった」

真昼くんがおもむろに上げた腕で目隠しをするようにして低く呟いた。

「クリスマスイブだったから、俺と弟は、『今年こそはサンタからプレゼントをもらえるかも』って期待して、ふたりで話し合って、枕元に靴下を置いて寝ようとしたんだ。そしたら、『クリスマスだからって期待してんじゃねーよ、うぜえんだよ！』って親が激怒してさ……俺たちはいつも以上にこっぴどく叱られて、殴られたり蹴られたりした。親はそのままどっかに出かけて行った。たぶん気を失ってたんだと思うけど、何時間か経ってから目が覚めて……まだ暗かったけど、もしかしたらプレゼントが置いてあるかもと思って、探そうとしたんだ。世間では親がサンタのふりして置くなんて知らないからさ。そしたら……」

　声が詰まったように、彼が口をつぐんだ。

　続きを聞くのが怖かった。だって、私はこの話の結末を知ってしまっている。

「……どんなに声をかけても、弟は何にも反応しなくて、全然動かないから、おかしいと思って顔を触ったら、……冷たかった。ぞっとするほど冷たかった……」

　ふっと細い息を吐いて私は両手で顔を覆った。何にも知らない、何にも理解できない私に、同情して泣く資格なんてない。それでも、喉の奥が引き攣れたように苦しくなった。

「これは絶対普通じゃないって分かって、俺は慌てて外に出た。外は雪が降ってて……あの年はホワイトクリスマスだったんだよな。雪の中、裸足で泣きわめきながら近所を走り回ってたら、スーツ着た優しそうなおじさんが『どうした、迷子か』って声をかけてくれた」

　降りしきる冷たい雪の中で泣きじゃくる小さな真昼くんの姿を想像して胸を痛めていた私は、見ず知らずのそのおじさんに、大声でありがとうと伝えたくなった。

　きっと雪が降っていて早く帰りたかっただろうに、真昼くんのことを見過ごさないでいてくれてありがとう、と心から感謝した。

「俺が泣きながら何とか事情を話したら、おじさんは慌ててうちに来てくれて、布団に横たわってる弟を見て、すぐに通報してくれた。おじさんは、……今思えばたぶん自分の子どもへのプレゼントだと思うんだけど……、大きなビニール袋と、あとケーキの箱を大事そうに抱えてて、それを今でも妙にはっきり覚えてるんだ。警察の人が来て引き渡されるときに、おじさんがプレゼントの袋の中から犬のキーホルダーを出して、俺に渡してくれた。『女の子用で申し訳ないんだけど、よかったらもらってくれないか。クリスマスプレゼントだよ』って」

私ははっと息をのんだ。真昼くんがリュックにつけていた、彼には不似合いに思えたマロのキーホルダーは、そのおじさんからもらったものだったのだ。

「俺はパトカーの中でぼんやりキーホルダーを見つめながら、『あのケーキをお腹いっぱい食べて眠って、目を覚ましたら枕元にあるプレゼントのキーホルダーを幸せな笑顔で抱きしめるのは、どんな女の子なんだろう』って思った。嫉妬（しっと）ではなかったけど、冷たくなった弟と一緒に荒れ果てた部屋にいた自分と、その女の子があまりにも違って、他の子どもと自分の違いを改めて実感して、何か呆然としたんだ」

何も言えなかった。私はその女の子と同じ側の人間だ。当たり前のように毎年クリスマスや誕生日のプレゼントをもらって、しかも『これじゃない』だとか『あれが足りない』だとか文句まで言っていた。いかに自分がわがままで甘えていたのかよく分かる。

「保護されて施設に引き取られたあと、テレビのニュースで自分たちのことをやってて、変な感じがしたな。もう何週間も経ってるのに、毎日のように流れてくるんだよ。子どもだったけど、日本中のみんなが俺たちのために怒ったり泣いたりしてくれてるのは、何となく分かった」

ふっと彼が目を細めて笑う。

こんなに寂しくて悲しい笑顔は、生まれて初めて見た。

「……でも、俺たちが本当に痛くてつらくて苦しかったとき、周りにいたたくさんの大人は、誰ひとり助けてくれなかった。死にかけてる子どもがいることに、たぶん誰も気づいてすらいなかった。あの日も、俺たちのために足を止めて時間を使ってくれたのは、あのおじさんだけだった」

それきり彼は口を閉ざした。

沈黙が耳に痛い。キッチンに置かれた冷蔵庫の作動音が、妙に大きく響いていた。

しばらくしてから彼は、「普通の……」と呻くような声で言った。

「……《普通》の家に憧れてたんだ、ずっと。普通に親に愛されて、普通に腹いっぱいご飯を食べれて、普通に外で遊べる子どもに憧れてた。優しげに笑って子どもを抱きしめる親を街で見かけるたびに、どうやったら俺もあんなふうにしてもらえるだろう、俺の何がいけないんだろう、って思ってた……」

その言葉で、あの日のことを思い出した。『人とは違う特別な真昼くんには、普通の人間の気持ちは分からない』と私が彼に言ってしまったあの日。

時間を戻せるのなら、あの日あの時に戻って、自分の口を塞いでしまいたい。

『お前にだって分からないだろ！』

どんなにかそう叫びたかっただろう。私に怒りをぶつけたかっただろう。

『俺が欲しくて欲しくてたまらなかったものを、焦がれ続けていた《普通》を、初めから持ってるお前に、普通に幸せに生きてこれたお前なんかに、俺の気持ちが分かるわけない！』

でも、真昼くんは言わなかった。優しいから。思いやりがあって、思慮深くて、相手を傷つける言葉なんて口にできないから。

彼はいつもそうだ。私の前では普段よりずっと饒舌で、遠慮のない率直な物言いをしていたけれど、誰かを貶したり、傷つけたりするようなことは決して言わなかった。

だから彼はこれまでずっと、色々な思いをただひたすら胸に秘めて、唇を噛んで堪えてきたのだ。無責任な報道で酷く傷つけられたときでさえ、自分を卑下することはあっても、他人を憎んだり責めたりはしなかった。そうする資格は十分にあるはずなのに。

何も知らずに真昼くんを羨み、生まれながらに恵まれていると妬んでいた私は、きっとそれを態度に出してしまっていただろう。そのとき彼はどんな気持ちだっただろうか。

幼い彼が恐怖に震えながら、痛みに悶えながら、飢えに苦しみながら、寒さに凍えながら、きっと喉から手が出るほど欲していたものを、私は生まれた瞬間から持っていた。

彼が血の滲むような努力をして必死に手に入れようとしてきたものを、私は、何の才能も能力もなく何の努力もしていないというのに、これまでずっと当たり前のように享受してきた。

そして、きっとこれからも変わらず与えられ続けるだろう。私の親は、私を《普通》に愛してくれているから。

でも、たとえ彼がそれを何とかして手に入れたとしても、それはきっと本当に欲しかったものではなく、代わりでしかない。

私から見たら《特別》に恵まれた彼は、多くの人が持っている《普通》を、手に入れることはできないのだ。

私は勘違いをしていた。彼が欲するものは、それこそ、決して手に入らないものだったのだ。

ふいに彼が口を開いた。

「俺の名前、本名じゃないんだ」

私は驚いて「え？」と訊ね返した。

「真昼って名前、書類上は違うんだよ。本当の名前は、数字の一って書いて、イチって読む。一郎とかじゃないぜ、イチ。変わってるだろ」

確かに耳慣れない響きだった。

「……そうだね、あんまり聞いたことないかな」

どんな由来があるのだろう、と思った私の浅はかさが、続く彼の言葉ですぐに露呈した。

「何でこんな名前なんだろうって思って、一回訊いてみたんだ。同じ園のやつに変な名前ってからかわれた日にさ。そしたら母親がめんどくさそうに教えてくれたよ。生まれたのが夜中の一時だったから、それだけだってさ。考えるのが面倒だったんだろうな」

私は絶句した。そんなふうに名づける親がいるなんて、考えたこともなかった。

真昼くんの唇から、はは、と乾いた笑いが洩れる。

「親からはいつも『お前』って呼ばれてたから、自分の名前なんて実感は全然なかった。他人と自分を区別するための記号ってくらいの認識しかなかったよ。だって、由来も親の思い入れも何にもないんだもんな。名前は親が子どもに贈る最初のプレゼントとか言うけどさ、うちの場合は愛情のかけらもなくて、ただ手続き上必要だったから適当につけただけってこと……」

もう聞きたくない、と思えてしまって、そんな自分を軽蔑した。

こんなに次々と、聞いているだけでもつらい話が出てくることに、打ちひしがれてしまいそうだった。

「むしろ、成長するにつれて、その名前が毎日痛かったころの呪い、呪縛みたいに思えてきた。だから解放されたくて、名前を変えたいって言ったら、施設長が『いいね』って言ってくれた。新しい名前を考えてほしいって頼んだら、何日も考えてくれて、『真昼』って提案してくれた。真昼の光みたいに明るい人生になりますように、って願いを込めてくれたらしい。そこで初めて、自分の人生が始まった気がした」

笑えるよな、と彼は苦笑した。

「本当の親は何も考えずに適当に名前つけて、赤の他人のほうが俺の人生を思って熱心に考えてくれたんだよ。仕事の一部とはいえ、わざわざ時間かけてさ……」

寂しげな声だった。

「書類上はまだ本名のままになってるけど、もう五年かな、ずっと通称の『鈴木真昼』を名乗ってるんだ。長期間その名前で生活してきたっていう証明があれば、裁判所に申し立ててちゃんと手続きすると、改名できるらしいから」

誰よりも輝いて見えた、私の憧れを全て集めたような存在だった真昼くんの裏側に、こんなにもたくさんの悲しみと苦悩が隠されていたなんて、思いもしなかった。

私の目は節穴だ。無責任に彼を叩(たた)いたり憐(あわ)れんだりしている人たちと、何も変わらない。

自分の愚かさを呪っていると、彼が「俺はさ」と呟いた。

「俺は、親にとって特別な存在になりたかったんだ。かけがえのない我が子って思って、愛して欲しいと思ってた。ガキだから自分の気持ちもはっきりと分かってなかったけど、今思えば物心ついたときからずっとそうだったよ。いい子だねって褒めて欲しくて、そしたら愛してもらえるかもって、ガキなりに頑張ってた。……でも、どんなに頑張っても、あの人たちの特別にはなれなかった」

あの人たち、という言い方に、そんな酷い目に遭ってもまだ真昼くんが、良くも悪くも親への思いを残していることが感じられた。あいつら、と恨んで憎んで蔑んでしまえばいいのに、彼にはそれができないのだ。

「施設でテレビを観てたときに、アイドルグループがドームいっぱいの何万って客全員から声援を浴びてるのを見て、『こんなにたくさんの人に愛されるなんて、たくさんの人の特別になれるなんて、羨ましい』って思った。だからアイドルになりたいって思ったんだ……。こんな理由、他の人たちからしたら腹立つだろうけどな」

そう言って乾いた笑いを洩らしたあと、ふと真昼くんが私に目を向けた。

「……ごめん、自分の話ばっかかして」

私は「そんなことない」と勢いよく首を振った。

むしろ、話すことで少しでも彼が思いを吐き出せるのなら、そして気持ちの整理をつけることができるのなら、何時間でも、何日でも聞いていたかった。

「こんなに喋ったの久しぶりだな……」

独り言のように呟いて、彼はお茶をひと口飲んだ。

それから時計を見て、こちらに目を向け「なあ」と私を呼ぶ。

「もう帰ったほうがいいんじゃないか。あんまり遅くなると親が心配するだろ」

その言葉で、昼食もとらずに数時間話し込んでいることに気がついた。でも空腹すら感じない。

窓のほうを見ると、カーテンの向こうの陽射しがずいぶん傾いていた。

冬の太陽は呆気(あっけ)なく力を失い、空の中央から退(しりぞ)いてしまう。

「あと、もうすぐ事務所の人たちが来ることになってるから……」

私ははっとして頷く。私がこの部屋にいるのを見られるわけにはいかない。

「そっか、そうだよね……」

その人たちはきっと、真昼くんのためにこれからのことを話しに来るのだろう。たぶん、今後の仕事のことや、復帰の仕方について。

私の手の及ばない、でも彼のこれからの人生にとっては、いちばん大切なこと。

それに引き換え、私は何をしに来たのだろう。何の策も持たずに、ただ居ても立ってもいられず、感情に任せて、彼の迷惑も顧みずに飛んできただけだ。

私はかたわらに置いた鞄(かばん)を手に取り、真昼くんに笑みを向けた。

きっとひどく下手な作り笑いだろうな、と思いながら。

「……うん、とりあえず帰る。またね」

私は彼にそう告げて、お邪魔しました、と部屋を出た。

マンションから出た途端、とてつもない無力感に襲われた。呼吸をするのも苦しいくらいで、俯(うつむ)きながら、まるで私だけが違う時の流れの中にいるみたいに、ゆっくりゆっくり駅に向かった。

今日、ひとつ分かったことがある。真昼くんのために私にできることは、何ひとつない。

九章　青い朝

The bouquet of bright for you,
that like asking for the moon

その晩は、ベッドに入ってから何時間経っても少しも眠気がやって来ず、全く寝つけなかった。

真夜中の廊下をひっそりと歩いて用を足し、スマホで時間を確かめた私は、眠ることを潔く諦(あきら)めた。ベッドの端に腰かけて、カーテンを細く開ける。外はまだ真っ暗だった。

寝ていないせいか、頭の芯(しん)が痺(しび)れているようにじんじんと疼(うず)いている。でも不快ではなく、妙な浮遊感に包まれていた。

ぼんやりと窓の向こうを眺める。ガラス越しに伝わってくる空気は、暴力的なほど冷たかった。気がつけばもう十二月も終わりに近づいている。そういえば、明後日はクリスマスだ。クリスマスの時期になると、別に付き合っている人もいない私には特に何かあるわけでもないのに、周囲に影響されるのか、いつも何となく心が浮き立つような感じがしていた。

でも、今年はもう、楽しみだなんて少しも思えなかった。

十年前のクリスマスイブの夜、真昼くんの身に起こったことを考えると、むしろ毎年この季節が巡ってくることが恨めしく憎らしくさえ思えてくる。

微動だにせずに空を見つめ、少しずつ夜が明けていくのを見ていると、なぜだか涙が込み上げてきた。

明日は終業式があり、明後日からは冬休みが始まる。そして大晦日、お正月。世間のみんなが浮き足立つ中、真昼くんは今、どんな気持ちでいるのだろう。

薄青の朝の空があまりにも清らかで、それが妙に虚しくて悲しくて、涙が溢れた。

しばらくすると階下から物音が聞こえてきた。

お父さんとお母さんが起きてきたらしい。今日はふたりとも休みなのに、相変わらず早起きだ。

私はいつもの休日ならあと二時間くらいは部屋で寝ているのだけれど、このままじっと座っているのも気が重くて、のろのろと階段を降りた。

「あらっ、おはよう。早いのね。今日は日曜日よ？」

お母さんが悪戯っぽく笑って言った。私は苦笑して「おはよ。分かってるよ」と答える。

ポストから新聞を取ってきたお父さんが、ソファに腰を下ろしてテレビをつけた。

いつもの日曜日のワイドショー。私はダイニングチェアに座って、ぼんやりと画面を見つめる。

『続いて、chrome の鈴木真昼さんの報道について取り上げます。今週いちばんの驚きのニュースでしたね』

どくっと心臓が音を立てる。真昼くんの写真が画面いっぱいにアップで映った。

見たくないような、でも気になるような、揺れる気持ち。それでも私の目は自然とテレビに釘づけになる。

『……ここで、鈴木さんのプロフィールのまとめを確認していきましょう。鈴木さんは二年前、すでに大人気グループだったchromeに、脱退したメンバーの代わりに入る形で参入しました。そこからは飛ぶ鳥を落とす勢いで――』

不純物、と卑下するように言った彼の声と表情を、ふと思い出した。クロムは宝石の中に入っている不純物だ、有害で、毒にもなりかねない俺にお似合いな名前だ、と。あのときの彼は、自分のことをどういうふうに見ていたのだろう。

真昼くんも今、この番組を見ていたりするのだろうか。きっと見ていないような気がする。それなら彼は今どうしているだろう。まだベッドの中だろうか。そこでどんな顔で何を思っているのだろうか。

昨日の彼のやつれた姿を思い出して、また目頭が熱くなってきた。慌てて目を擦る。

そのときふいにお父さんが口を開いた。

「真昼くん……今、どうしてるんだろうな」

心を読まれたのかと思って、私は驚いて目を上げた。

お父さんの目はテレビを見つめたままだ。独り言だったのかもしれない。

「お父さん、真昼くんのファンだもんね」

涙に気づかれないよう、あえて明るい声でからかうように言う。頑張ってるなあ、としみじみと呟いていたいつかの姿を思い出しながら。

するとお父さんはこちらを振り向き、眉を下げて笑った。

「ファンというかは分からないが、実はな……」

一瞬躊躇うように口を閉ざしてから、お父さんはぽつりと言った。

「……子どものころの彼に、父さんは、一度だけ会ったことがあるんだ」

「え……っ」

私は息をのんで目を見開いた。

「そのころのことを、彼は知られたくないかもしれないと思ったから、誰にも話したことがなかったが……、こんなふうになってしまったからには、影子に聞いて欲しいんだ」

言葉を失う私を、お父さんが弱々しい笑みを浮かべて見つめる。

「小一のときのクリスマスイブの夜のこと、影子は覚えているか。父さんの帰りが遅くてケーキが翌朝になってしまって、しかもプレゼントも頼まれていたものが入っていなかっただろう」

まさか、と思わず呟く。

全く離れたところにあったはずの点と点が、互いに手を伸ばして線になって近づいていく。

でも、まさかそんなはずはない、と思っている自分もいた。

「実はあの夜、父さんは、真昼くんに会っていたんだ。まだほんの子どもだったころの彼に」

嘘でしょ。まさか、そうなの？

自分の予感が的中しそうで、それが恐ろしくて、テーブルにのせた手がかたかたと震え出す。

「仕事帰りにプレゼントを買って、ケーキを受け取って家に向かう途中で、雪が降っているというのに、秋ものの薄い服一枚で、しかも裸足で、泣きながら走っている男の子を見つけたんだ。誰か助けて、弟が、と叫んでいるように聞こえて、驚いて足を止めたよ」

ああ、と吐息のような声が唇から洩れた。ぎゅっと目を閉じて、また開く。

お父さんは、私の気持ちが分かるよというように頷いた。

「影子がケーキを待っているから早く帰らないと、と思っていたんだが、娘と同じくらいの子が雪の夜に外でひとりで泣いているのを、どうしても放っておけなくて、どうしたんだと声をかけた。すると彼は泣きながら事情を話してくれて、父さんを家まで案内してくれて……、そのあとは、今さんざん報道されてる通りだよ」

お父さんの話は、昨日真昼くんが聞かせてくれた過去の記憶と、完全に符合する。

「嘘……本当に？」

私の声は、聞き取れないくらいに掠れて、震えていた。

「もしかして……マロのキーホルダー、真昼くんにあげた？」

今度はお父さんが目を見開いた。

「そうだよ。……知ってたのか」

「うん……真昼くんが教えてくれた」

心臓が、おかしいくらいに激しく脈うっていた。

昨日の彼の話で、自分の記憶との一致に気づいてもおかしくなかったのに、思いも寄らなかったのだ。まさか私と彼にそんなつながりがあったなんて。

私は深く息を吸い込んで、ゆっくりと吐き出し、再び口を開いた。

「……真昼くんね、今でもあのキーホルダー、大事に持ってるんだよ……」

告げた言葉の最後のほうは、涙が邪魔をしてほとんど声にならなかった。

お父さんは、そうか、と小さく呟き、それから目を細めて微笑んだ。

「それは嬉しいな。……いい子だな、昔と変わらず……」

唇を歪めながら、滲む視界で何とかお父さんを見つめ、震える声で「昔はどうだったの」と先を促す。

「彼はあのとき、別れ際に、ありがとうございますと頭を下げてくれたんだ。まだほんの子どもだったのに、あんな状況だったのに、感謝の気持ちを決して忘れなかった。警察が来たあと、そのまま放っておくのも心配でなかなか帰れずにいたんだが、彼は『大丈夫です』と繰り返して、ケーキとプレゼントの袋を指差しながら、『おじさんちの子が待ってるんでしょ、早く帰ってあげて』と……。自分は傷だらけのぼろぼろの姿で、しかも目の前でたったひとりの弟が亡くなったばかりなのに、こちらの事情を察して気を遣ってくれたんだよ。何て優しくていい子なんだと感激して、同時に、どうしてこんな利口で可愛い子に、こんな酷いことができるんだと……同じ親として許せなくて、怒りが湧いてきたよ」

自分が欲し続けたものを目の前にして、真昼くんはそれでも嫉妬や憎悪を抱いたりはせず、それどころか思いやりを向けてくれたのだ。

自分の憧れるものを全て持っている彼を一方的に羨み、妬み、卑屈な態度をとって嫌な思いをさせていた私とは、あまりにも違う。

私はもうどうしても堪えきれなくなって、嗚咽しながら涙を流した。

お父さんが立ち上がる。そして私の隣に座って、震える肩を何度も撫でてくれた。

お父さんの目にも涙が滲んでいる。それを見て私は堰を切ったようにわんわん泣きじゃくってしまった。

涙は不思議だ。つらくて悲しくて泣いているのに、優しさに触れると、さらに溢れ出してくるのだ。

洗濯から戻ってきたお母さんが私たちに気づき、

「えっ、どうしたのふたりとも！　喧嘩でもした!?」

と慌てふためいて駆け寄ってきた。

お父さんが「大丈夫。あとで話すよ」と答えている声がする。

私は俯いて顔を押さえたまま、何も言えなかった。

うんざりしていた《普通》の家庭。

でも、なんて優しくて温かいんだろう。

真昼くんが焦がれていたものが、当たり前のようにここにある。生まれたときからずっとあった。

でも、どうしたって彼にはあげられないのだ。

それが悲しくて苦しくて、そしてどうしようもなく悔しかった。

涙がおさまるまで泣き続け、やっと頬が乾いたあと、私は二階の自室に戻った。

まだ熱を持っている目を片手で擦りながら、学習机の椅子に腰を落とす。いちばん上の鍵つきの引き出しを開けて、ミロのキーホルダーを取り出す。

両手で包んで胸に抱くと、とっくに涸れ果てたと思っていた涙が、また溢れ出した。

真昼くんを助けて警察に通報し、クリスマスプレゼントにキーホルダーをくれたという『おじさん』は、お父さんだった。

そして、彼が私と同じキーホルダーを持っていた理由が、やっと分かった。私たちは十年前からつながっていたのだ。

勝手に運命のようなものを感じている自分がいた。

十年前のクリスマスイブの日に、このキーホルダーによって結びつけられた私だからこそ、真昼くんのためにできることがあるんじゃないか。彼を救えるのは私しかいないんじゃないか。そんな根拠もない思いが込み上げてきた。

不思議な感覚だった。まるで、ずっと舞台の端っこの暗がりに佇んでいたのに、突然スポットライトがこちらに向けられたような気分だ。

どこにでもいるような平凡な女の子で、人と違うところなんてひとつも持っていない自分をずっと恥じて疎んでいた私が今、自分を冒険物語の主人公のような特別な存在だと感じているなんて、我ながら笑えてくる。

でも、もしかしたら私は真昼くんにとって特別な縁のある人間なのかもしれない、と思うと、胸がじわりと熱くなって、不思議な力が湧いてくる気がした。

時には勘違いが勇気につながることだってあるのだ。

そして、私は今、勘違いでも思い上がりでも何でもいいから、彼のために行動するきっかけが欲しかった。

だから、冷静な判断や客観的な視点は、頭から追いやることにする。

彼のために私にできることなんてないと思っていた。でも私には、素のままの彼と過ごした時間が、そのときに彼が話してくれた言葉がある。それをきっかけにして、何かできることを見つけられるかもしれない。

私は机の前に座り、子どものころに買ってもらった百科事典を開いた。

『メッキが剝(は)がれた――』

『俺は不純物――』

真昼くんの言葉を思い出しながら、ぱらぱらとページをめくる。何かにつながるものが見つけられるかは分からなかったけれど、藁(わら)にもすがるような思いだった。

目的の見出し語を見つけると、その説明内容を食い入るように凝視して頭に叩(たた)き込む。そして必死に考えを巡らせた。

こんなことを考えたって、ただのその場しのぎの机上の空論で、彼の心には少しも響かないかもしれない。それでも、じっとしてなんていられなかった。これが私にとって唯一手の届くかもしれない一縷(いちる)の望みだった。

調べものを終えた私は、スマホを手に持ち、メッセージアプリを開いた。

『今から行ってもいい?』

真昼くん宛のメッセージを打ち込んだあと、送信ボタンを押そうとした手が止まる。

思えば、昨日も同じような内容を送って、彼の家に突撃したばかりだ。昨日の今日でまた一方的に連絡して訪問したりしたら、しつこいと思われるんじゃないか？

迷惑がられるんじゃないか？　そう考えたら怖くなった。

私はもともと人の機嫌を損ねるのが怖くて、なるべく波風を立てないように、目立たないよう大人しく過ごしてきた。

今だってそれは変わらない。下手に何かをして嫌われるくらいなら、何もせずにいたほうがよっぽどましだと思っていた。

でも、あの荒れた部屋でひとり過ごしている真昼くんの姿を想像すると、やっぱり動かずにはいられない気分になるのだ。

役に立てるかなんて分からないけれど、私にできそうなことを探して行動を起こすしかない。

「よし」

私は自分を叱咤激励するように呟き、送信ボタンを押すと、反応も確かめずに立ち上がった。

私がインターホンを鳴らすと、真昼くんはどこか呆れたような顔でドアを開けてくれた。

「おはよう、真昼くん。また急にごめんね。あのね」

挨拶もそこそこに、私は鞄の中から古びて薄汚れたミロのキーホルダーを取り出した。そして彼の目の前に差し出す。

「これ、私のキーホルダー。真昼くんのとセットだったやつ」

「……」

彼は訳が分からないのか、無言でじっと私の手元に目を落としている。

私はふうっと深呼吸をしてから告げた。

「真昼くんが言ってたおじさんって、うちのお父さんだった」

彼は少し目を丸くして息を吸い込んだあと、

「やっぱり、そうだったのか……」

と呟いた。私はびっくりして「知ってたの？」と訊ね返す。彼は小さく頷いた。

「知ってたわけじゃないんだけど……前にクリスマスの思い出を聞いただろ。そのとき、やけに一致することが多くて、もしかして、ってちらっと思ったんだ。でも、そんな偶然あるわけないかって考えるのをやめたんだけど……あるんだな、そんなドラマみたいなこと」

真昼くんはぼんやりと言った。それから「とりあえず入れよ」と言ってリビングに入っていく。私も後に続いた。

もっと驚いてもよさそうだけれど、反応は思ったほど大きくなかった。

疲れきった心は動きが鈍くなる。彼が心底憔悴しきっているのを感じた。

向き合って座ったあと、私は意を決して、「それと」と口を開く。

「さっきね、クロムについて調べてみたんだ。元素のほうのね」

彼が少し眉を上げる。反応を見せてくれたのが嬉しくて、私は一気に考えを述べ始めた。

「クロムって、ステンレスのもとになってるんだね。車の部品とか流し台とかに使われてて、なくてはならないものだって。そういえばおばあちゃんちで昔使ってた鉄の包丁とか裁ち鋏(ばさみ)、すぐに錆(さ)びて茶色くなっちゃって、おばあちゃんしょっちゅう砥石(といし)で研いだり油差したりしてたけど、ステンレスに替えてから手入れが楽だって喜んでたの思い出した」

脈絡もない話に、彼が微(かす)かに怪訝(けげん)そうな顔をしている。

怯(ひる)みそうになったけれど、私は必死に話を続ける。

「秦(しん)の始皇帝(しこうてい)のお墓から出てきた青銅の剣とか弓矢も、クロムでメッキされてて、二千年以上経って発掘された時も全然錆びてなかったんだって。クロムのおかげで、本当なら錆びて駄目になっちゃうようなものが、何千年も綺麗(きれい)なままだったんだよ。それってすごいことじゃない？　メッキって、純粋な本物じゃないとかいう意味で使われるけど、馬鹿にされるようなものじゃないと思う。メッキをしてるからこそ丈夫で綺麗になれるものもあるんだから」

真昼くんがぱちりと瞬(まばた)きをした。じっと私を見つめている。

どんなにやつれてもやっぱり作りものみたいに綺麗な顔に見られていると思うと、落ち着かなくなる。顔を隠すために俯いてしまいたくなるけれど、目を見て話さなければ、きっと大事なことは伝わらない。

今は私のコンプレックスなんてどうでもいい、全く取るに足らないことだ。

平凡な顔で、美しい彼の視線を真正面から受け止める。

「それとね、真昼くん、クロムはルビーに入ってる不純物だって言ってたでしょ。でも、ルビーって、本当はコランダムっていう無色透明な鉱物なんだって。でも、ほんのちょっとだけ不純物としてクロムが入ることで、あんな綺麗な赤になるんだって。エメラルドの緑とかサファイアの青とかも、同じ原理らしいよ。不純物によって色が変わるんだって」

混じりけのない純粋なものほど美しいと思われがちだけれど、逆に不純物が入ったほうが美しくなることもあるのだと、私は事典の記述を読みながら不思議な感慨に浸ったのだ。

「クロムは不純物かもしれないけど、そのおかげで綺麗になって価値が高まることもあるんだなって思ったら、何かすごく感激しちゃうよね」

真昼くんが目を丸くして私を見つめるので、捲(まく)し立てるように喋(しゃべ)り続けた自分が急に恥ずかしくなってきた。

「……だからどうってわけでもないんだけど。つまり、何が言いたいかというと……」

まごつきながら言うと、彼はふっと口許(くちもと)を緩めた。

「俺は chrome にとっての不純物だけど、それによってよくなることもある、的な？」

「そう、それ！」

私は思わず人差し指を立てて叫んだ。途端に真昼くんが破顔する。

「ははは っ」

真昼くんが自虐的な笑みではなく、屈託のない笑い声を上げるのを、本当に久しぶりに見た。

彼はしばらく俯いて肩を揺らしながら笑ったあと、ふいに顔を上げ、目を細めて微笑んだ。

「励まそうとしてくれてるのは伝わった。でも、えらい独特で回りくどい慰め方だな」

「悪かったね、ひねくれてて」

いや、と彼は首を振った。

「お前らしくていいんじゃね？　久しぶりに大笑いしたおかげで、何かちょっと気持ちが軽くなったよ」

彼が身体を緩めてソファに凭れた。リラックスしているように見える。

嬉しさが込み上げてきた。私の言葉が、彼の気持ちを少しでも和らげることができたのだ。

私は深く息を吸い込み、じゃあさ、と口を開いた。

「軽くなったついでに、外に出てみたら？」

真昼くんがさっきよりもずっと大きく目を見開いた。それからふっと息を吐いて天井を仰ぐ。

「……そうだな……」

ずっと部屋に引きこもっていたら、どんどん気持ちが暗くなるばかりだろう。外の空気を吸えば、少しは明るくなるかもしれない。

近所のコンビニや公園でもいいから、軽く買い物や散歩をすれば、気分転換になるんじゃないか。そう思って勧めたのだけれど、彼は私の予想だにしなかったことを言い出した。

「どっか、遠くに行きたいな」

今度は私が眼を見開く。

「遠く……？」

彼がこくりと頷く。

「誰も俺を知らないところ……」

私は意表を突かれて動きを止めた。

誰も鈴木真昼を知らない場所なんて、たぶん、日本のどこにもない。chromeはそれくらい人気があるグループだし、彼を知らなかった年代の人たちも、きっとここ最近の報道のせいで、彼の名前も顔もしっかりと認知してしまっただろう。

「誰も真昼くんを知らないところって……それは、海外とか行くしかないんじゃない？」

私がそう告げると、彼は眉を下げた。

「……俺、パスポート持ってない。海外ロケの仕事が来ることあるけど、学業優先だから長期の欠席は無理って断ってきたんだ……」

それを聞いて私ははっとした。

憶測だけれど、本名を隠して通称で生活してきたから、身分証明になるようなものは、素性を知られないために避けてきたんじゃないだろうか。

「……じゃあ、海外は無理だね」

私がぽつりと言うと、彼は少し黙り込んでから、小さく口を開いた。

「……それなら、せめて、知り合いが誰もいないところに行きたい。ここじゃない場所に……どこか、知らない場所に行きたい」

彼の切実な声音が、私の心を突き刺すような気がした。

私は今まで生きてきて、遠くに行きたいなんて思ったことはなかった。何となく憂鬱だったり、閉塞感を覚えることはあっても、誰も知らない場所に行きたいなんて思わなかった。

そこまで思い詰めるほどの気持ちは、どれほど苦しいのだろう。

彼はきっと、容赦なく自分を照らす光に疲れてしまったのだ。だから、光の当たらない場所に行きたいのだ。

私はやるせない悔しさに唇を噛みしめた。

何とかして、彼をその苦しみから引き上げてあげたい。

「――よし、行こう！」

私は膝（ひざ）を叩いて立ち上がった。

真昼くんが「は」と目を丸くする。

「一緒に行こう。ここじゃないどこかに」

国内なら、パスポートもビザもいらない。思い立ったらすぐにでも行ける。私も一緒に行ける。こんな状態の真昼くんを、ひとりで遠くに行かせるのは心配だった。

でも、彼は唖然（あぜん）とした顔で私を見上げている。

口ではそう言ってみたけれど、本気で行こうとは思っていなかったようだった。

だからこそ私は、本気であることを伝えるために、にっこりと笑う。

「ほらほら、思い立ったが吉日って言うでしょ。すぐ行こう！　荷物まとめて、早く早く！」

真昼くんはまだ戸惑いを隠せない様子だったけれど、私に急（せ）かされて、大きなボストンバッグをクローゼットから取り出してきた。今にも持ち手が切れてしまいそうなほどたくさんの物が入っているようで、かなり重そうだ。

「ずいぶん重そうだね……。それ、何が入ってるの？」

思わず訊ねると、彼がファスナーを開いて中を見せてくれた。

「仕事関係のものが、まとめて入ってる」

覗き込んでみると、中には大量の物が詰まっていた。

たくさんの付箋がついて分厚くなり、しかも相当読み込んだらしくぼろぼろになった台本類が数冊。レッスンで習ったことや反省点などを書き溜めているというノート。付箋と書き込みだらけのボイストレーニングやダンス、演技の教則本。ウェイトトレーニングの道具。

「……これ、いつも持ち歩いてるの？」

「学校以外は」

「はあ……凄いね」

こんなにも頑張ってきたのに、自分を中途半端だと卑下した彼は、一体どこまでやれば満足できるのだろう。まるでゴールの見えない途方もない道をひたすらにがむしゃらに歩いているみたいだ。

彼はカーペットの上に座り込み、ずっしりと重いバッグを膝に置いた。目を落としてじっと見つめ、しばらくしてからふいにひとり言のように言う。

「……なあ。これ、もう、捨てていいかな……」

私は「いいよ」と即答した。

訊ねてきた彼のほうが驚いたように目を上げる。私は大きく頷いてみせた。

「捨てたくなったら、捨てていいんだよ。それは真昼くんの、真昼くんだけの荷物なんだから」

でも、彼は静かに首を横に振った。

「俺だけの荷物？　それは違う。これは俺だけのものじゃない。俺を応援してくれてる人たちのものでもあるし、俺を支えてくれてるスタッフたちのものでもある。俺が受かったオーディションに落ちた人のぶんも入ってる。人を蹴落として、人に助けてもらって集めた荷物なんだから、俺はこれを背負っていかなきゃいけないんだよ。自分ひとりの気持ちで捨ててもいいわけがない」

彼がどれほど多くのものを背負ってきたのか、その表情を見ているとよく分かる。そして彼が言っていることも、彼を支えて応援してきた人たちの気持ちも、理解できる。

でも、私は敢えてそれを無視する。

「そうかもしれないけど、真昼くんがひとりで背負ってきたものなんだから、真昼くんの荷物だよ。誰かの思いを託されたものかもしれないけど、その荷物を持つことで真昼くんはたくさんの人を救ってきたけど、でも、それは誰かのものじゃないよ。真昼くんの荷物なんだから」

何とか気持ちを伝えたくて言葉を尽くしたけれど、彼はやっぱりまだ納得できないような表情を浮かべている。

その顔を見ていると、過去の自分の発言をふいに思い出した。

当時は彼を励まそうとして発した言葉だったけれど、今になって思い返してみると、まるで彼にさらなる重荷を負わせてしまうようなものだったと後悔の念が込み上げてくる。

「……私、前に真昼くんの活動に救われてる人たちがいるって言ったよね。真昼くんのことが生きる希望になってる人がたくさんいるんだよって……。でもね、だからってその人たちのために真昼くんがぼろぼろになってもいいわけじゃない。誰かの顔を思って無理してまで背負い続ける必要はないいし、そんな義務もない。その荷物を捨てるために誰かに了解を得る必要すらないんだよ」

平凡な私にとっては羨ましくも思える、たくさんの人たちから特別な希望と期待をかけられた荷物。

でも、それが彼にとって重荷になるのなら、そんなのただのごみだ。捨てたってかまわない。みんなが愛する真昼くんの心を守るために。

「その荷物は捨てて、新しい荷物を持って、新しい場所に行こう」

真昼くんはまだどこか戸惑っているような顔で、それでもゆっくりと頷いた。


とはいえ、私も荷造りをしないといけないし、親に黙って遠くに出かけるわけにもいかないので、本当はすぐにでも出発したかったけれど、明日の朝いちばんに街を出ることにした。

私は一度家に戻り、お父さんとお母さんの前に正座して口を開いた。

「私、明日から、ちょっと旅に出ようと思ってるんだけど、いい？」

「はっ？」

お母さんは訳が分からないというようにぽかんとしている。

お父さんは読みかけの本を閉じてテーブルに置いた。

「明日って……終業式でしょ？」

「うん、だけど、休んで……行こうかと」

お母さんは口をぱくぱくさせて、次は質問攻めにしてきた。

「何で？　急にどうしたの？　どこに？　誰と？　もちろん日帰りよね？」

私はひとつずつ答えていく。

「理由はまだ言えない。急だけど、どうしても行きたくて。でも、行き先はまだ決まってない。日帰りじゃなくて泊まりになると思う。……クラスの男子と一緒に」

「ええーっ⁉」

お母さんは文字通りひっくり返りそうなほど驚いていた。それからお父さんにすがりつくように助けを求める。

「お父さんお父さん！　どうしよう、影ちゃんが駆け落ちするって！　グレちゃった‼」

「ちょっと落ち着きなさい」

お父さんはなだめるようにお母さんの肩を抱いた。

「駆け落ちなんて私ひとことも言ってないよ、お母さん」

お母さんはそれでも動揺と混乱で目を白黒させている。

お父さんはお母さんの肩を何度も叩き、そして私に微笑みかけた。

「影子のことだから、心配しなくても大丈夫だろう」

思いもかけない言葉に、私は目を見開いて大きく息を吸い込んだ。

「影子。それは、どうしても今やらなきゃいけないことなんだな？　どうしても今行かなきゃいけないんだな？」

私はじわりと熱を孕(はら)んだ胸に手を当て、「うん」と強く答える。

「どうしても、今。今じゃなきゃ意味がないの。先送りにしたら、絶対に後悔すると思うから」

分かった、とお父さんは頷いた。

「じゃあ、気をつけて行って来なさい」

あまりにもあっさりとそう言うので、逆に私のほうが戸惑ってしまう。

「え……いいの？」

突拍子もないことを言っているという自覚があったので、きっと反対されると思っていた。どうしても説得できなければ、黙って出ていこうと考えていたくらいだ。

でもお父さんは微笑みながら「もちろん」と頷いてくれる。

「ただし、ちゃんと安否だけでも連絡すること。三時間に一度でいいから」

「……うん、分かった。ありがとう……」

私とお父さんが頷き合う横で、お母さんが「待って」と悲愴な声を上げる。

「ちょっと待ってよ、あなた！　だってそんな、男の子と二人旅なんて、本当に大丈夫なの⁉」

お父さんはくすりと笑って、お母さんを「まあまあ」となだめてから私を見た。

「母さんの説得は任せなさい。早く荷造りを終わらせて、出発に備えてしっかり寝るんだよ」

「うん……ありがと。そうする」

まだ「ええ～？」と混乱した様子のお母さんに、

「ごめん、お母さん。戻ってきたらちゃんと説明するから」

と謝り、私は立ち上がって階段に向かった。

するとお父さんが追いかけてきて、小声で言った。

「真昼くんによろしくな」

私は「えっ」と振り向く。お父さんは小さく笑ってお母さんのもとに戻っていった。

全部ばれてる、と思った。さすがお父さんだ。

愛されているのだと、改めて実感した。

心配してくれるお母さんにも、信じて送り出してくれるお父さんにも、私は愛されている。

愛され、大事にされ、信頼もされている。

真昼くんが焦がれていた《普通》の、でも《特別》な愛情。

それを小うるさく感じたり、時にはプレッシャーに感じて疎ましく思うこともあった。

でもそれは、当たり前のようにそこにあるからこその贅沢(ぜいたく)な悩みだったのだと、今は分かる。

お父さんたちからもらってきたものを、今度は私が真昼くんにあげたい。丸ごとあげたい。

強く強くそう思った。

十章　暗い道

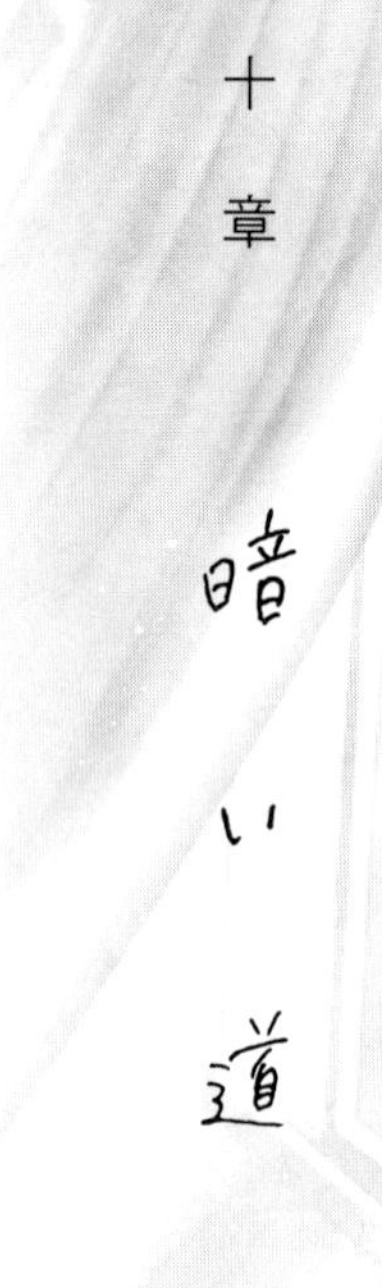

The bouquet of bright for you,
that like asking for the moon

翌朝私は、これまでにないくらい清々しい気持ちで目を覚ました。

寝る前は、これから私にとって一世一代の、とても大事な旅をするのだと緊張していたのに、不思議とすぐに眠りの世界に誘われ、まるで何日も眠っていたかのようなすっきりとした目覚めだった。

きっと、一昨日は無力感にうちひしがれていたけれど、昨日は使命感のようなものに燃えていたからだと思う。しっかりと寝て、万全の体調で動かなければいけないと、きっと私の身体も分かっていてくれたのだ。

まだ真夜中と言ってもいい時間にベッドから抜け出し、一階に降りて、台所に立った。そして昨日の晩お母さんに教えてもらったレシピのメモを見ながら、お弁当づくりを始めた。私の大好きな三色そぼろのお弁当だ。

お母さんに出してもらった使い捨ての弁当パックを、調理台にふたつ並べて置き、まずは夜のうちに炊飯予約をしておいた炊きたてのご飯を平たくよそう。

それから、夕方にスーパーで買ってきた材料を冷蔵庫から取り出した。

鶏（とり）のミンチをフライパンで炒（いた）めつつ、もうひとつのフライパンで炒（い）り玉子を作る。そのかたわらで、三つ目の鍋（なべ）にお湯を沸かし、いんげんを茹（ゆ）でる。

というふうに三つの作業を同時進行するとてきぱき作れるよ、とお母さんが教えてくれたけれど、料理の経験は調理実習くらいで普段は全く台所に立たない私には、ハードルが高すぎた。お湯を沸かしつつ鶏そぼろに取りかかろうとした時点で、目を離して焦がしてしまわないか不安になり、同時に作るのは断念して火を消した。

仕方がないのでひとつずつ丁寧に作っていく。早起きして良かった、と心から思った。

いつだったかお母さんが、そぼろ弁当は作るのが楽だと言っていたけれど、全然そんなことはなかった。確かにシンプルなお弁当だけれど、三つのおかずを作らなければいけない時点で、初心者の私にとってはそれほど簡単ではない。

先週の金曜日のお弁当はどんなだったっけ、と考えるけれど、すぐには思い出せなかった。いかに無意識に食べていたかよく分かる。数分考えて、唐揚げとアスパラベーコン、白身魚のフライに、ポテトサラダと蒸し人参が添えられた弁当箱が目に浮かんだ。

いつも何種類ものおかずが入ったお弁当を作ってくれるお母さんは、毎朝どれだけ大変なんだろう、と初めて思った。

子どものころ、遠足の日にマロミロのキャラ弁を作ってとねだって、溜め息をつかれたのを何となく思い出した。

それでもお母さんは作ってくれたけれど、きっといつもより何時間も早起きしたに違いない。仕事もあるのに申し訳ないことをしたな、と今更ながらに思う。

これからは毎日の昼食時間に弁当箱を開けるときの気持ちが変わりそうだ。もう絶対残さない、と心に誓う。

炒めた鶏肉から香ばしいにおいがしてきたので、レシピ通りに計量した調味料で味つけをして、今度は玉子に取りかかる。その時点ですでに下ごしらえを始めてから一時間近くが経っていてびっくりした。慌てていんげんを茹で始める。

何とか調理を終えて、焦りながらいんげんを切ろうとしたら、茹でたてなので熱くて火傷しそうになった。でも時間が惜しいので我慢する。やっとのことで全部切り終えたときに、水で冷やしてから切るといいよと教わったことを思い出してげんなりした。

ご飯の上にそぼろを盛りつけながら、ふと思う。真昼くんはお弁当を作ってもらったことがあっただろうか。

きっとなかっただろう。そういえば彼は昼食はいつもコンビニ弁当だった。

みんなが親の手作りの弁当を広げて何の感慨もなく食べる姿を、彼はどんな気持ちで見ていたのだろうか。私はおかずに文句を言ったりしていなかっただろうか。

彼の過去を知ってから、今までの自分の言動を思い返しては激しく後悔することが何度もあった。

でも、今さら悔やんだって仕方がない。

これからできることを精いっぱいやるしかない。何ができるか分からないけれど。

せめて今は、少しでも見映えのする、美味しそうなお弁当を作ろう。そう心に決めて、黙々と手を動かした。

パックを閉じてランチクロスで包んでいると、お父さんとお母さんが起きてきて「おはよう」と声をかけてきた。

「おはよう。ごめん、うるさくて起こしちゃった？」

「いや、見送りがしたいから早めに起きたんだよ」

お父さんがにこりと笑う。お母さんも頷いていた。

ふたりは私の手もとを見て、それからリビングに置いた旅行鞄に目を走らせてから、また私を見た。

「頑張れよ、影子。後悔のないように」

お父さんが励ますように言う。私は「うん」と頷いた。

「気をつけてね」

お母さんはやっぱりまだ心配そうだ。

「学校には欠席連絡しとくから。……全く、影ちゃんが仮病で休む日が来るなんてねえ……」

は家を出た。

夜が明ける前に、ミロのキーホルダーをつけた旅行鞄と、ふたり分のお弁当箱を持って、私

私は「ありがとう」と笑った。

「まあ、一回くらいいいでしょう。終業式だから授業もないしね」

「うん、よろしく。皆勤だったのになくなっちゃうね」

まだ暗くて危ないからと車を出してくれたお父さんに送ってもらいながら、窓を流れる夜明け前の街の景色を眺めていた。

微かに白んできた東の空をぼんやりと見つめながら、これからどうしよう、と思う。

どこに行こう。そこで何をしよう。何を話そう。

私は本当に真昼くんを元気づけることができるのか。

いくら考えても答えなんて出なくて、不安ばかりが膨れ上がる。

答えが見つからないまま、彼のマンションに辿り着いた。行ってきます、とお父さんに告げて、車を降りて手を振った。

昨日のうちに借りておいた合鍵でエントランスを通り抜け、真昼くんの部屋のチャイムを鳴らすと、がちゃりとドアが開いた。

「おはよ」

笑みを浮かべて声をかけると、隙間から顔を出した真昼くんが「おはよう」と答えた。

でも、なかなか出て来ない。まだ準備が終わっていないのかと覗き込んだけれど、ちゃんと

外出着に着替えて荷物も持っていた。

「どうしたの？　忘れもの？」

「いや……」

そのとき、白い光が弾けた。真昼くんが大袈裟なほどに肩を震わせる。

光のもとを辿ると、近くを通り過ぎたトラックのヘッドライトが何かに反射しただけらしいと分かった。

目を戻して、大丈夫だよ、と声をかけると、

「……フラッシュの光かと思った……」

彼は気の抜けたような声で呟いた。そのまま黙り込んでしまう。

外に出るのが怖いのだろう。あの日学校に現れたのは、書類を出さないといけないという強い思いがあって、しかも夜だったから何とか出てこれただけだったのかもしれない。

今からどんどん明るくなって、人々が活動を始めたら、きっと彼に気づく人も出てくるだろう。それが怖いのだ。

「……やめる？」

その外へ自分から彼を誘い出しておいて、今さらながらに、無神経なことを提案してしまったのではないかと不安になった。

「……まあ、ここにいたって仕方ないしな」

真昼くんは諦めたように言って息を吐くと、コートの下に着たパーカーのフードを目深にかぶり、ドアを開けて部屋を出てきた。

その手には昨日見せてくれた重たげなボストンバッグが携えられている。私の視線に気づいたのか、彼は自嘲(じちょう)的に頬を歪(ゆが)ませて、呟いた。

「捨てられなかった……」

それからバッグを軽く持ち上げて私に示し、問いかけてくる。

「この中、何が入ってると思う？」

「え、そりゃ、着替えとか……？」

すると彼はふっと笑い、「それもあるけど」と続けた。

「来年の映画の台本と、その映画の監督の過去作のＤＶＤ全部とポータブルプレーヤー、あと、監督が書いた映画論の本も入ってる」

私は無言で彼を見つめ返す。そこにあるのは、ひどく暗い瞳(ひとみ)だった。

「移動中に読むかもしれないって思ったら、何か仕事のもの持ってないと不安でさ。……出れるか分かんねえのに、馬鹿だよな、俺も」

「馬鹿じゃないよ。むしろ尊敬する。仕事熱心だなって」

彼は大して心に響いていないような表情で、「そりゃどうも」と小さく呟いた。

まだほとんどの人が眠りの中にいるだろう夜明け前の街には、まだクリスマスの浮かれた空気は漂っておらず、ただただ静かだった。どこかから聞こえてくる車のエンジン音さえ、静けさを際立たせるように思えた。

ちょうど高台に差し掛かったところで、私たちは足を止めた。

日の出はまだ遠いけれど、夜の終わりが近づく空はすでに奥に光を秘めているのが分かった。

淡い青紫色にほんのりと光る空の下に広がる景色を、私たちは言葉もなく眺める。

どこまでも青く染まる眼下の家々と、遠くのビル群。

それはまるで、透き通った湖の底に眠る街のようだった。

「綺麗だな……」

隣に立つ真昼くんが、フードを外してぽつりと言った。私は「うん」と頷く。

「今見えてるこの景色の中に、何人くらいの人がいるんだろう……」

何気なく呟くと、彼は前を向いたままふっと笑った。

「面白いこと考えるな」

それから少し考えて答えてくれる。

「何千……どころじゃないかな、何万、もしかしたら何十万……」

「人間って、何てたくさんいるんだろうね」

「そうだな……」

しばらく夜明け前の青い景色に見入ってから、私たちはまた歩き出した。

駅に辿り着くと、私たちはホームのベンチに座って、始発の電車を待った。

蛍光灯に青白く照らし出された構内には、ほとんど人がいない。高校生である私たちは悪目立ちをしてしまうのではないかと危惧していたけれど、近くにいるのはベンチに横たわって寝ている酔っぱらいのおじさんや、疲れた顔をしたサラリーマンばかりで、さして他人には興味がなさそうだった。

ホームに滑り込んできた電車に乗った私たちは、ろくに会話もせずに窓の外ばかり見ていた。

学校のある駅を通りすぎ、乗り換え駅で適当な電車に乗り込む。その頃には周囲に乗客が増えてきて、真昼くんはフードを深く被って俯いた。

東京駅に着くと、また適当な電車に乗り換えて、延々と揺られる。

すっかり明るくなった頃、隣県に入った。住んでいる街が呆気なく遠ざかっていき、『遠くへ行く』というのは意外にもとても簡単なことなのだなと感慨深く思う。

さらに別の県に入る頃になると、終業式を終えたらしい高校生たちがたくさん乗り込んできた。真昼くんが落ち着かなげに身じろぎをする。

「鈴木真昼だ」

突然彼の名前が聞こえてきて、私たちはびくりと肩を震わせた。

彼がさっと下を向く。私は目を上げて周囲を見回した。

ばれてしまったのかと青ざめたけれど、声の主らしい男子高生は、吊革につかまりながら数人の友達と一緒に中吊り広告を見上げていた。視線を追うと、週刊誌の広告がそこにあり、黒地に真っ黄色の大きな文字で、《鈴木真昼の過去に迫る！》と書かれている。

「鈴木真昼、やべーよな。何か怖くね？　虐待とかさあ」

「なー、めっちゃびっくりした。超こえーよな」

「天然記念物とか完璧王子とか騒がれてたけど、実はけっこう病んでそうじゃね？」

いつかの記憶がフラッシュバックした。図書委員の買い出しの帰り、真昼くんと一緒に電車に乗ったときだ。

私は彼らと同じように週刊誌の広告を見て、芸能人の記事について無責任に噂話をした。

今となっては後悔の念しかない。

「そりゃ病んでるだろー、虐待されてたんだもん」

「何かさ、見る目変わるよな」

俯いたままの真昼くんが、ぴくりと反応した。その呼吸が、浅く、速くなるのが分かる。肩が小刻みに震えていた。深く深く俯いて、ぎゅっと目を閉じている。

私は思わず唇を噛(か)んだ。彼がいちばん怖れていたことが、たった今、目の前で証明されてしまったのだ。

やっぱり遠出なんてやめればよかった。電車なんて乗らなければよかった。全ては彼を連れ出した私のせいだ。

「それな。写真見るたびに、あー虐待されてて万引きで補導されたんだよな、とか思う」

「虐待は可哀想だけどさ、万引きは駄目だよな。やっぱ毒親に育てられたから、善悪の判断とかできないんだろうなー」

「そりゃそうだろ。いい人そうに見えるけど、実はメンバーとかマネージャーとかにめっちゃ嫌なこと言ってそうじゃね?」

ぎゃはは、と響く笑い声。

お願いだから、もう話をやめて。何も知らないくせに、勝手なこと言わないで。真昼くんを傷つけるようなこと言わないで。

別の車両に移ろうか。でも、ここで立ち上がったりしたら逆に注目を集めてしまうかもしれない——。どうしようかと悩んでいたとき、ふいに彼らの向こうにいた同じ制服の女子高生グループのひとりが、「ちょっと」と声を上げた。

「あんたたち、やめなよ。虐待されてた人の悪口言うとか最低」

どうやら男子たちの知り合いらしい。彼女は厳しい顔をして彼らを責め始めた。

そして、ひとつの言葉が、鋭く耳に飛び込んできた。

「真昼は可哀想な人なんだから、応援してあげなきゃ」

その瞬間、違う、と叫びたくなった。

真昼くんを可哀想だからという理由で応援するのは、絶対に違う。持って生まれた特別な魅力と才能と、そしてそれを伸ばすために続けてきた努力に対して、敬意を払って応援するべきだ。憐憫(れんびん)や同情で応援されたって、彼が喜ぶわけがない。今まで彼がどれほど自分に厳しく、ストイックに血の滲(にじ)むような努力をしてきたか、知らないくせに。

「みんな好き勝手言って……」

気がつくと私は、呻(うめ)くように呟いていた。真昼くんが俯いたまままちらりと私を見る。

しばらく黙ってから、彼は言った。

「……人気商売って、そういうもんだろ」

何かを諦めたような、平淡で投げやりな口調だった。胸がずきりと痛む。

「今まで応援してもらってたんだから、ニュースを聞いてどう思おうと、たとえ非難されようと、みんなの自由だ。嘘ついてごまかしてきた俺が悪いんだから……」

それならどうしてそんなに悲しそうな顔をしてるの。

そう思ったけれど、言えなかった。一般人の私には一生理解できない心情だと思ったから。

どうしようもない無力感に苛まれていると、どこかの駅に着いて電車が止まった。向かいのドアが開き、数人の乗客が入ってくる。

急行列車を待つため五分ほど停車します、とアナウンスが流れた。真昼くんが小さく顔を上げて、ホームを見る。そして彼は視線を流して、噂話をしていた男子グループのほうをちらりと見た。新しい乗客が入ってきて輪が動いたことで、彼らの中のひとりが、右足にギプスをつけ、松葉杖をついているのが見えた。骨折か何かだろうか。

真昼くんが立ち上がった。居心地が悪いので隣の車両に移動するのかと思って、私も腰を上げる。

でも、私の予想に反して、彼は男子の集団に近づいていった。まさか文句を言うのかと驚いていたら、松葉杖の彼に声をかけた。

「俺、もう降りるんで、そこの席どうぞ」

私は唖然として真昼くんを見た。

ばれないようにするためか、彼はフードで隠した顔を深く俯かせ、僅かに逸らしていた。でも、その手はついさっきまで自分が座っていた席を指している。

「あっ、すんません、どうもー」

松葉杖の男の子は軽く頭を下げて、「ラッキー」と仲間に言いながら席に腰を下ろした。

「にしても、鈴木真昼ってさあ、何か胡散くさいっていうか、本性隠してるっぽいって俺、昔から思ってたんだよなー」

彼らの噂話がまた再開された。

真昼くんはちらりと私を見て、「鋭いな」と乾いた笑いを洩らしてから電車を降りた。

慌てて後を追いながら、私は言いようのない感情の渦に心を支配されていた。

誰かに一方的に傷つけられて、それでも当たり前のように親切にして、それなのにまた傷つけられても、真昼くんは怒りもせずに受け入れる。

彼の心は、本当に綺麗だ。誰をも魅了するその容姿と同じくらい——いやもっと、ずっとずっと、彼の心は純粋で優しくて綺麗だ。どんなに酷い目に遭っても、理不尽に傷つけられても、その美しさは決して汚されない。

彼が身にまとう《特別》な光は、外側から当てられるスポットライトによるものではなく、内側から溢れ出るように彼の中から放たれている輝きだ。だから彼はこんなにも綺麗なんだ。

私はホームを歩く真昼くんを「ねえ」と呼び止め、

「そろそろお腹空かない？」

と訊ねた。彼は振り向き、

「腹減ったのか？　何か買う？」

とコンビニを指差しながら訊ね返してきた。きっと彼は、長く続いた苦悩のせいで、空腹感なんて忘れてしまっているのだろう。でも、私のことを気遣ってくれている。

「ううん、買わない。お弁当持ってきたから」

私は鞄から弁当の包みを取り出し、掲げて見せた。真昼くんが目を見開く。

「あそこで食べよう」

改札の近くにある、飲食のできそうな休憩スペースを指して言うと、彼は頷いた。

かもしれない。

パックを開いた彼がぽつりと言う。私の想像通り、手作りのお弁当はあまり慣れていないの

「何か……新鮮だな」

「お前のお母さんの手作り？」

「まあ……うん」

私の手作りだと告げるのも恩着せがましいような気がして、何となく言えなかった。私が作ったことなんて知らなくても、とにかくちゃんと食べて栄養をとってくれれば、それでいい。

「私のいちばん好きなお弁当なんだ。三色そぼろ弁当」

「へえ。綺麗だな」

真昼くんはそう言って、「いただきます」と丁寧に手を合わせてから箸をつけた。

鶏そぼろが彼の口に運ばれるのを見ながら、急にどきどきしてきた。

味見はしたし、そんなに不味くもなかったけれど、彼の口に合うだろうか。手料理を誰かに食べてもらうことなんて、調理実習を除けば一度もなかったから、ひどく緊張する。

「うん……美味い。久しぶりにちゃんとしたもん食ったな……」

ひと口食べた彼が嚙み締めるように言った言葉が、胸に沁みた。

安堵でほうっと息をつき、私も「いただきます」と手を合わせて食べ始めた。

ごちそうさま、と空になったパックに手を合わせてから、真昼くんは今度は私に目を向け、もう一度言った。

「ごちそうさま」

え、と首を傾げると、小さな笑みが返ってくる。

「影子が作ってくれたんだろ？」

「えっ」

驚きで目を見開き、それから囁（ささや）くように訊ねた。

「……何で分かったの？」

もしかして、あまり美味しくなかったから、これが母親の手作りなわけがないと思ったのか。

どきどきしながら答えを待っていると、彼は緩く微笑みながら首を捻（ひね）る。

「何でかなあ。何となく、お前の反応で」

「……そう」

気恥ずかしさから私はわざと大袈裟な動きで片付けをして、「さ、行こう」と立ち上がった。


そのあと、私たちは特急に乗り換え、名前も聞いたことのない田舎町の駅に降り立ち、バスに乗り込んだ。

夕焼けを眺めながらバスに揺られ、田圃（たんぼ）の真ん中にある何にもないバス停で降りる。

果てしなく続く山並と枯れ田の景色の中、すっかり暗くなった道をしばらく歩くと、山をくり抜いたような低いトンネルが目の前に現れた。

照明も設置されておらず、中は黒い絵の具で塗りつぶされたような闇に沈んでいる。

思わず足がすくみ、立ち止まった。隣を歩いていた真昼くんもほとんど同時に足を止め、じっとトンネルの奥を見つめている。

背後から、真冬の冷たい風がトンネルへと吹き込んでいく。まるで、闇の世界へと誘い込むように。

トンネルを抜けたら何があると思う、と彼がひとり言のように呟いた。

私は、分からない、と答えた。何かあるかもしれないし、何もないかもしれない。それは行ってみないと分からない。何かがあってもなくても、何も変わらないかもしれない。

私の答えに、彼は小さく笑った。

しばらくの間ふたりでトンネルの中を見つめながら佇(たたず)んだあと、吹き寄せる風に背中を押されたかのように、またどちらからともなく歩き出した。

トンネルの中に足を踏み入れた途端、ぞっとするほど冷たく深い暗闇に全身を包まれた。照明も、どこかから洩れてくる光もない。終わりが見えない。

足下の細かい砂利を踏む音が、低い天井にこだまする。カーブしているせいで先は全く見えない。いつ終わるのか、本当に終わりがあるのかさえ分からない闇を、ひたすら歩き続ける。

耳に入る音は、自分たちの足音と衣擦(きぬず)れの音だけ。

真っ暗闇の静寂の中を、何のよすがもなく歩くのは、余りにも心許(こころもと)なかった。きっと真昼くんだって同じだ。

「……暗いな」

真昼くんが呟いた。思わず隣を見上げたけれど、あまりにも暗くて、彼の姿さえ見えない。でも、今にも消えそうな細い声から、その表情がありありと想像できて、胸が締めつけられた。

「暗い……すごく暗い。何にも見えない。この先どうなるのか、全く分からない……」

真昼くんの呼吸がまた、浅くなった。どんどん速くなり、酸素を求めるように微かに喘いでいる。

彼が言っているのは、きっとこのトンネルの闇のことだけではない。自分の未来がこれからどうなるのか少しも読めなくて、不安と恐怖に押し潰されそうになっているのだろう。トンネルはまだまだ続きそうだ。終わりなんてないのかもしれないと、得体の知れない恐怖に背筋が凍りそうなほど怖くなる。

そのとき突然、はあっ、と大きく息を吸う音がして、それからどさりと崩れ落ちるような音が聞こえた。

「真昼くん⁉」

私は慌ててしゃがみ込み、足下の湿った地面を手探りしながら彼を探す。

「どうしたの、大丈夫⁉」

「はあっ、はあ……っ」

答えはない。彼は空気を求めるように激しく喘いでいる。過呼吸だ、とすぐに分かった。

やっと彼の居場所を見つけて、大きく上下する肩に触れる。背中をさすりながら、必死に声をかけた。

「ゆっくり、ゆっくり息して。吐いて、吸って……」

いくら背中をさすっても、苦しげな呼吸は止まない。

私がこんなところに連れて来たせいだ。トンネルの中なんて入らず、引き返せばよかった。激しい後悔に襲われる。

救急車を呼んだって、すぐには来てくれないだろう。まず場所をどう説明すればいいかも分からない。

私が何とかしなきゃ。ここには彼と私しかいないんだから。

私は背中をさする手を止め、両手で地面を掴んで、それから意を決して彼を呼んだ。

「……真昼くん」

声にならない声が、ようやっとというように小さく応える。

私はひとつ深呼吸をして、告げた。

「手、繋いでもいい？」

彼は激しい喘ぎの合間に、迷子の子どもみたいな声で、「……うん」と言った。

姿は見えないけれど、彼の存在を確かに感じる。今は内に秘められている光が、出口を探すように心の隙間から微かに洩れているのを、私ははっきりと感じ取れる。何もかも奪われてしまった空っぽの頼りない手が、今どこを彷徨っているのか、私には分かる。

だから、私は手を伸ばして、真昼くんの手をつかんだ。

初めて触れた真昼くんの手は、温かかった。そのことに私はひどく安堵した。

確かな生命の熱に、じわじわと心が解けていく。

もしも彼の掌が、氷みたいに冷えきっていたら、きっと絶望的な気持ちになっただろう。

でも、そこには確かに熱があった。どんなに凍えそうでも、真っ暗で先が見えなくても、身体の内側から確かに生まれ続ける熱がある。それは何と尊いことだろう。

真昼くんがここにいる。私の隣で、同じ闇に呑まれている。それが分かるだけで、恐怖も不安も一気に薄れていく。願わくは、彼も同じように感じてくれていればいい。

彼の呼吸の音が少しずつ落ち着いてくるのが分かって、私はほっと小さく息をつく。

果てしない闇は、もしひとりで歩くのなら、足が竦んで震えが止まらなくなるほどに怖い。でも、ふたりなら、誰かと一緒なら、きっと寂しくはない。怖くて、不安で、悲しくて、息もできないくらい苦しくても、寂しさだけは感じなくて済む。

隣に立つ人の姿が見えないのなら、触れ合って確かめればいい。それはきっと、ほんの少しだけでも、救いになるはずだ。

真っ暗なトンネルの中に立たされている人には、その闇がどこまで続いているのかは決して分からない。終わる保証もない。雨がいつ止むのか誰にも分からないのと同じように。

もしかしたらこのトンネルは、覆い被さる山が崩れて出口が塞がっているかもしれないし、もしかしたら常闇の異世界に繋がっていて、もう一生光を浴びることはできないかもしれない。でも、誰かが隣にいるのなら、明けない夜でも、止まない雨の中でも、果てしない闇に閉じ込められても、きっと何とか息ができる。

私は、真昼くんにとって、そういう存在でありたい。

「これ……何？」

荒かった呼吸が静まったとき、彼が繋いだ手を少し揺らして訊ねてきた。手の中のものを指しているのだと分かる。途中で私が彼に握らせたものだ。

「ミロのキーホルダーだよ」

答えると、彼は「ああ」と頷いた。

「ぬいぐるみ、ぎゅーってすると、何か元気が出ない？　私、子どものころ、悲しいときとか怖いときとか、よくやってたの」

「へえ……」

真昼くんが、繋いでいないほうの手で荷物を探り、何かを取り出した。

「相方も、いるよ」

暗いから分からないけれど、たぶんマロだ。

「持って来てたの？」

「うん」

彼は自分のキーホルダーを繋いだ手の中にそっと差し込んだ。それからぐっと手に力を込める。

「……こんなに強く握りしめたの初めてだ」

「そうなの？」

「うん。だって、潰れたら嫌だし、なるべく触らないようにしてた」

私は、そっか、と呟く。

「大事にしてくれてたんだね。ありがとう。お父さん喜ぶよ」

「うん、大事だから、大事にしてた」

真昼くんは、本当に本当に愛おしげな声で言った。

何だか照れくさくなって、私も手にぎゅっと力を込める。中でマロとミロが潰れるのが分かる。でも、少し力を緩めると、すぐに元の形に戻る。

「大丈夫。ちゃんと元に戻るんだよ」

私が言うと、彼は笑って、またぐっと握った。

「強いよ」と私が笑うと、彼は声を上げて笑った。それから、私の肩にことんと頭をのせる。

「……こんな闇なら、たとえ終わらなくたって、いいかな……」

真昼くんが、微かに震える声で呟いた。

その言葉がどれほど私の心を温め、涙腺（るいせん）を緩めたか、彼はきっと知らないだろう。

しばらくして、真昼くんはゆっくりとトンネルの壁に背を凭（もた）せた。そしてすぐに安らかな寝息が聞こえてきた。

私は荷物からバスタオルを取り出し、彼の肩にかける。そっと肩に手をのせてみると、ゆったりと上下しているのが分かって、安堵の息をついた。

同時に、急にどっと疲れが来る。起きているのがつらくなり、彼に身を寄せて、バスタオルの半分を自分の肩にかけた。ふたりぶんの熱がこもった温（ぬく）もりを感じながら、目を閉じる。

私たちはきつく手を繋ぎ合ったまま、海の底に沈んだように深く眠った。


目を覚ましたとき、どれくらいの時間が過ぎたのか分からなくて、少し混乱した。

ほんの一時間かもしれないし、何日も眠っていたようにも思えた。

「……影子、起きた？」

突然耳許で声がして、思わず「ひゃっ」と間抜けな声を上げる。

ぱっと顔を上げると、うっすらと真昼くんの顔が見えた。

「ごめん……」

何に対してか分からないけれど、彼が謝る。私はふるふると首を振った。

「具合は大丈夫？」

「ああ、落ち着いた。もう大丈夫。ありがとう」

そう言った声が柔らかくて、心がじわりと温かくなる。

「……久しぶりに、ぐっすり眠れたよ」

彼は笑いの滲む声で言った。

「たっぷり寝たからか、何か、世界が新しくなった感じがする」

「そう、よかった」

ほっと息をつき、すると触れ合っている肩の温もりが何だか急に気恥ずかしくなって、私はさりげなく身を起こした。

真昼くんがうーんと伸びをして、それからゆっくりと立ち上がる。私もそれに倣った。

「今、何時かな」

そう呟いてスマホを取り出し、画面を点灯すると、ぱっと周囲が明るくなった。時間は朝の七時だった。

「スマホあるんだから、ライトつけながら歩けばよかったな」

真昼くんがおかしそうに言い、私も「確かに」と目を丸くした。

どうして気がつかなかったんだろう。わざわざ真っ暗な中を歩くことはなかったのに。

でも、あのときの私たちには、この闇の中を歩くことが必要だったような気も、何となくした。

一学期の修学旅行で、京都の清水寺（きよみずでら）の『胎内めぐり』を体験したときのことを思い出す。

自分の身体さえ見えないほどの暗闇の中を、ひたすら手探りで歩く。そして地上に出て光を浴びたときの、強烈で新鮮な感覚。

生まれ変わったよう、という感想を抱いたのを今でもはっきりと覚えていた。

私たちは再び歩き出した。どちらからともなく手を握る。

ゆうべは緊急事態で、とにかく彼を安心させたい、ひとりじゃないよと伝えたい一心だったから、全く気にならなかったけれど、平常心で手を繋ぐなんてかなり恥ずかしいんじゃないかと身構えた。でも、意外にもひどくしっくりときて、こうしているのが自然だと思えるのが不思議だった。

「……俺さ、このところ、ずっと考えてたんだ」

しばらくして、ふいに彼が言った。

「今の仕事を続けるにしても、全部やめるにしても、どっちにしろ、これから先ずっと、闇の中にいるような感じだろうなって」

私は、うん、と小さく頷く。

「メッキが、剝（は）がれちゃったから……」

彼の声は、まだ迷子のままだった。

反射的に、繋いだ手に力を込める。迷子かもしれないけれど、私がここにいるよ、と伝えたくて。

たとえ道に迷っていても、ひとりじゃなければ、少しは心細さも和らぐかもしれない。それで問題が解決するわけではないとしても。

「……影子は、メッキも悪くないって言ってくれたけど、でも、必死に外側を磨いてきた俺にとっては、絶対に隠しておきたかった中身を知られてしまったことは、ものすごく耐え難いことなんだ。必死に隠そうとしてたこと自体、知られたくなかったから……。俺はそのへんの自我がすげえ強いからさ、完璧なままでいたかったんだよ。本当は全然完璧なんかじゃないんだけど、完璧に見られていたかった。それは、こないだ影子に完璧主義って言われて初めて気がついたんだけど……」

真っ暗な道をゆっくり、ゆっくり歩きながら、真昼くんは静かに思いを吐き出していく。

「たとえ仕事を続けるとしてもやめたとしても、ぼろぼろに剝がれたままで生きていかなきゃいけないっていうのは、もう変わらない。メッキの剝がれた姿をみんなに晒(さら)し続けるにしても、ひとりで抱えて生きていくにしても、もう、綺麗に装ってた自分には戻れないから……」

彼はこれまでずっと、自分を自分の理想の姿に近づけるために、自分の欲しかったものを持っている自分になりきるために、頑張ってきたのだろうと思う。

それは、普通の人が『自分をよく見せる』ために施すメッキとは違う。『自分の心を守る』ために必死に磨いてきたメッキだったのだろう。

だからこそ、それをある日突然に理不尽な形で剝がされてしまったことは、彼にとっては無理やり鎧を脱がされてしまったようなものだ。

鎧を奪われた彼は今、身ひとつで矢の雨を浴びなくてはいけなくなった。

それは、芸能人だろうと一般人だろうと、苦痛であることには変わりない。

真昼くんが重たそうに荷物を抱え直しながら、ぽつりと呟いた。

「仕事……やめようかな」

私は「そっか」と頷いた。

「いいんじゃない？　やめても」

最大限に意識して、何でもないことのようにあっさりと言う。

すると彼は困ったような声になった。

「だからさあ……ここは普通、止めるところじゃないか？」

私はふふっと笑って続ける。

「別にいいじゃん、やめたいならやめたって。一昨日も言ったけど、全部真昼くんの自由なんだよ」

「……だけど、やめたら、色んな人に迷惑がかかる。今まで応援してくれてた人たちにも申し訳ないし……」

のろのろと右へ左へ迷走する車のように、彼の言葉が揺れる。

彼自身も悩み、葛藤して、身の振り方を決めかねているのが伝わってくる。

ただ、その迷いは、どこから来るものなのか。なぜ彼は迷っているのか。本当に自分の気持ちが分からなくて決められずにいるのか。もしもそうでないのなら——。

「それでも、真昼くんの人生だもん、真昼くんの自由だよ。やめたくなったらやめればいいんだよ」

そこで私は言葉を切り、ひと呼吸おいてから口を開いた。

「——もしも真昼くんが本当にやめたいと思ってるなら」

「え……？」

ゆっくりと告げた言葉に、彼が驚いたような声を上げた。

私は、ようやく暗さに慣れてきた目で、ぼんやりと浮かび上がる彼の顔をじっと見つめる。

暗闇の中でも、微かな光を集めて確かに煌(きら)めく、美しい双眸(そうぼう)。

その奥には、確かに光があった。

それは、外から当てられた光の反射ではなく、内側から洩れ出す光だ。以前と少しも変わらない、純粋な輝き。

彼の瞳(ひとみ)は光を失ってなんかいない。

その光に力をもらって、私は続けた。

「真昼くん自身が、仕事そのものに嫌気が差して、もうアイドルなんか嫌だ、やめてやる、こんな仕事二度としたくないって思ってるなら、やめればいい」

「……それは、——」

言いかけた彼が口をつぐむ。私はふうっと息を吐いて、また深く吸い込んだ。

「でもね、ただ世間の目だとか、周りの評価を気にして諦めるなら、それは間違ってると思う」

言いながら、まるで自分に向けて話しているような気がしてきて、思わず笑ってしまった。

怪訝そうに見つめ返してくる真昼くんに、私はきっぱり言いきる。

「――自分の気持ちで、自分のために決めたことじゃないと、いつか絶対後悔するから」

私こそ、世間の目や周りの評価を気にして、やりたいことに挑戦できずにいる。本当は憧れているのに、『私なんて』と及び腰になって、初めから、やる前から諦めてしまっている。

それは一見、謙虚なように思えるかもしれないけれど、実際はただ臆病なだけだ。

人から評価されることを、自分の価値が目に見える形になってしまうことを、怖れているだけ。遠慮でも謙遜でもなく、自分と向き合えていないだけなのだ。

でも、もうこんな自分は嫌だった。

これをしたらああ思われるかもしれない、あれをしたらこう思われるかもしれない。そんなことを考えずに、自分が言いたいことを言って、やりたいことをやれる人になりたい。普通でも平凡でもいいから、せめて自分には正直でいたい。いつか、取り返しのつかないくらい遠く離れてしまってから、後悔したりしないように。

だからこそ、真昼くんにも、自分の心の声だけを聞いて、これからのことを決めてほしかった。

「……えー、私たち、ソトヅラ同盟は」

私が唐突に芝居がかった声を上げると、彼は驚いたように足を止めた。私も立ち止まる。

トンネルに反響していた足音が消え、沈黙が訪れた。

「周りを気にしすぎて外面をよくしすぎていたことを反省し、今後は面の皮を少しずつ薄くしていくことを、ここに誓います」

「……はあ？」

真昼くんがぽかんと口を半開きにしている。油断しきったような顔だった。

私はくすくすと笑いながら続ける。

「別にね、外面がいいのは、悪くないと思ってるよ。誰にも迷惑かけないなら、別にいいじゃんって。そう思って、当たり障りのないように波風を立てないように生きてきた」

自分が生きやすくなるためのメッキなら、いくらでもすればいいと思う。真昼くんが以前言っていた通り、人は誰しも、多かれ少なかれ外面があるものだと思うから。

「……でも、そのせいで自分が苦しくなるなら、それはちょっと違うんじゃないかなって思う」

素顔を隠すための仮面を被ることで、もしも上手く息ができなくなったとしたら？

そんなものは、外したほうがいいに決まっている。

「真昼くんもさ、外面の自分はとりあえず一回なかったことにして、中身だけの自分で、考えてみなよ。これからどうしたいのか……」

それは私も同じだ。人からどう思われるか、どんな目で見られるか、他人から見てどんな自分でいたいか。そんな外的なことは全て無視して、自分自身がどうありたいかを考えるべきだ。

しばらくじっと私の言葉を聞いていた真昼くんが、細く息を吐いて、「でも」と呻いた。

「……だって、どっちみち俺はもう駄目だよ、どう考えたって、もう終わりだろ。メッキが剝がれて、必死に取り繕ってきた中身が出てきて、みんなに知られたんだ」

彼の声は苦しげだった。

「これから俺がどんなにきらきらした宝石みたいなステージで歌って踊っても、幸せな人間を演じても、観る人は、知ってしまった俺の過去を忘れたりできないだろ。過去の俺を今の俺の向こうに透かし見て、『本当は不幸で可哀想な人間なのに……』って思っちゃうだろ。そうなったら、……」

諦めたような投げやりな口調で、彼は言った。

「……俺は、もう、夢を売れない」

私は小さく頷いた。

「うん……言いたいことは、分かるよ」

ファンがどんな『鈴木真昼』を求めているか、人々のために自分はどんな人間であるべきか。彼がそれを必死に考え続けて、そしてきちんと実現してきたことを、私は知っているから。

だからこそ彼は、自分がどんなに頑張っても、純粋に夢を見させることができなくなってしまったことで、もう仕事を続けられないという思いに囚われているのだろう。

彼はきっと、必死に磨き上げてきた《純粋》な宝石に、過去という《不純物》が混じってしまったから、自分はもう売り物にはならないと考えている。

私は少し考えて、ふいに名案を思いつき、「じゃあさ」と手を叩いた。

「そんなマイナスイメージを潰しちゃうくらいの、圧倒的なパフォーマンスや演技をすればいいんじゃないの？」

「……は？」

彼は大きく目を見開き、それから呆れたように言った。

「簡単に言ってくれるなあ……」

「ふふ、それは自覚してる」

しょせん、《普通》しか知らない一般人の私には、想像することすらできない世界だ。歌う姿や演じる役の向こうに透けて見える、本来の彼自身の影を消し去ることが、どれほど大変なのか。


でも、私は、芸能界のことは少しも知らないけれど、真昼くんのことは知っている。

彼がどれほどの努力によって自分を磨き、理想に近づけてきたのか知っている。

「大丈夫だよ」

だから、不思議なことに、そう確信できるのだ。

「大丈夫、真昼くんならできるよ。日本全国のみんなが騙されるくらいの完璧なアイドルを演じるために、馬鹿みたいに努力して、しかもちゃんとみんなを騙してきたんだから」

私の言葉に、彼が口をへの字にする。

「騙す騙すって、人聞きの悪い……」

呆れたように言ったけれど、その声は、さっきまでの迷子のそれとは少し違っている。

私はまた、彼と繋いだ右手にぎゅっと力を込めた。

「真昼くんにどんなイメージがついちゃっても、それでも応援してくれる人はいるよ。私みたいに」

彼の熱を確かめるように、私の気持ちを送り込むように、何度だって強く強く握りしめる。

彼の手にも力がこもった。

私は真っ直ぐに前を向く。どこまでも続く黒。

「大丈夫。何があっても、私は絶対に真昼くんを裏切らないし、絶対に信じてるから」

「……ありがとう」

真昼くんが荷物をしっかりと抱え直したのが分かった。とてもとても大切そうな仕草で。彼の努力と希望が詰まった荷物だ。

私たちは再び歩き出した。

暗くて、先が見えない。

『明けない夜はない。止まない雨はない。出口のないトンネルはない』

本当だろうか。そんな確証はあるのか。証明できるのか。

たとえば、太陽が寿命を終えてしまったら、二度と明るい朝は来ない。天変地異が起こって空が永遠に雨雲に覆われることだってあるかもしれない。トンネルの出口が土砂崩れで潰されてしまうかもしれない。

人生には絶対なんてないのだ。真昼くんの苦しみには、もしかしたら、終わりがないかもしれない。

でも、それでも、と私は思う。

果てしない闇だって、誰かと一緒なら、押し潰されなくてすむ。それを、彼の手の温もりが教えてくれる。

私の手も、どうか、それを彼に伝えてくれていますように。

しばらくして、緩いカーブを曲がった先で、突如、視界がぼんやりと明るくなった。

トンネルが、長い長い暗闇が、終わるのだ。

「明るい……」

真昼くんが呟く。

ぐっと涙が込み上げてきた。よかった。どうやら、この闇には、ちゃんと終わりがあるらしい。

夜が明けて、朝が来る。そんな当たり前のことが、ひどく奇跡的なことに思えた。

私は彼の手を、ぎゅうっと、強く強く、握りしめた。彼は、それよりも強い力で、私の手を握り返してくれる。

「行こう」

暗闇の向こう、光が溢れる世界の眩(まぶ)しさに、私たちは思わず目を細める。

それでも、四本の足は、しっかりと地面を踏みしめていた。

そして、一歩、踏み出す。新しい未知の世界へ。

真っ黒な闇を抜けた先、真っ白な光に満ちた世界で、私たちが見たものは――。

終章 眩い光

The bouquet of bright for you,
that like asking for the moon

「……こんなもんかな」

眉を上げてふうっと息をつき、真昼くんが書庫の中を見回した。私も同じように視線を巡らせる。

段ボールも、机に山積みになっていた本も、ぐちゃぐちゃだった本棚も、綺麗に片付いてずいぶんすっきりした。心なしか部屋の中が明るくなったような感じさえする。

私は手元の本をビニール紐でくくりながら彼を見て、「そうだね」と頷いた。

「やっと終わったね」

「結局、半年近くかかったな。しかも後半はほとんど影子にやってもらったようなもんだし」

真昼くんは私が紐でまとめた本をひょいと持ち上げて、廃棄図書の山に載せ、「ありがとな」と言った。私は首を横に振る。

「別にいいよ、そんなの。どうせ放課後ヒマだし、書庫の雰囲気好きだし」

十二月は真昼くんの報道があって図書委員どころではなく、一月半ばに彼が復帰したあとは延期されていた仕事が一気に動き出して忙しそうだった。だから私がひとりで整理作業を進めていたわけだけれど、そもそも本のある場所が好きなので自ら進んでやっていただけで、彼の代わりに骨を折ったとは全く思っていなかった。

「あとはこれをごみ置き場に持っていくだけだね」

私は彼の前の本の山を指差して言った。廃棄図書は古紙回収用の倉庫に持っていくことになっている。

「じゃ、これは俺が持ってくわ」

そう言って真昼くんが本を抱えたので、私は慌てて首を横に振った。

「えっ、いいよ、一緒に行くよ」

廃棄される本は五十冊近くはありそうだった。文庫が多いものの中にはハードカバーの大型本もあり、一回で持っていくのは厳しいだろう。何往復もしてもらうのはさすがに気が引けて、「私も運ぶから」と告げた。でも真昼くんは「でもこれ」と言い募る。

「けっこう重いぞ。一応女子なんだし、無理すんなよ」

一応って何よ、という漫画みたいな王道の突っ込みを思いついたけれど、それはそれで恥ずかしいので、「無理じゃないし」と言って続ける。

「それを言うなら、真昼くんだって一応アイドルなんだから、やめとけば。怪我とかしたら大変でしょ」

するとなは肩をすくめて、

「怪我したら大変なのは誰だって同じだろ」

当たり前のように言った。でも私は心の中で、同じじゃないと思う、と反論する。だって、私が怪我をしたところで生活に少し支障が出る程度の話だけれど、もしも真昼くんが転んで骨折でもしたら、仕事関係の人に迷惑をかける上に莫大なお金が動いてしまうんじゃないか。

そう思うと、彼が背負っている荷物の重さが身に染みて分かる。自分の身体だけれど、自分だけの身体ではないのだ。人一倍健康や安全に気をつけなくてはいけないのだろう。

余ったビニール紐を巻き取りながらそんなことを考えていると、ふいに目の前が暗くなった。反射的に顔を上げた視界の中に、窓から射し込む淡い光を背に受けた真昼くんが立っていた。逆光になっているので、その表情はよく見えない。

「え……、何……」

次の瞬間、彼がぐっと身を屈めて、私の背後の壁にとんっと片手をつく。

そして耳許に囁きかけるように低く甘く言った。

「いいから素直に甘えてろよ」

一瞬、胸が高鳴ったのを自覚したけれど、すぐに彼を睨んでみせる。

彼が口にした『いいから素直に甘えてろ』というのは、夏に映画化される予定になっている今人気の少女漫画のタイトルで、作中にも台詞(せりふ)として出てくるものだった。もちろん、主人公の女の子が恋する相手役を映画で演じるのは、真昼くんだ。

私はさっと顔を背けて、横を向いたまま芝居がかった口調で答えた。

「あいにく私は、あなたの好きな素直で可愛い女の子じゃないし、あなたに甘えるつもりもないから」

これも漫画に出てくる台詞だった。読んでおいてよかった。そうじゃなかったら、情けなく真っ赤な顔をして動揺してしまったかもしれない。

真昼くんはふはっと噴き出し、おかしそうにお腹を抱えてひとしきり笑ってから、

「じゃあ行くか」

と言って本の束のほとんど全てを抱え、書庫のドアに向かって歩き出した。

「わ、ごめん、そんなにたくさん持ってもらっちゃって」

私は残りのひと山を持ってあとを追う。

「いいんだよ、ちょうどいい筋トレになるし。次の次のドラマ、アスリート役だから」

真昼くんは本の束を上げたり下げたりしながら言った。

「そうなんだ。役作り大変そうだね」

「まあな、でも色んな役やってみたいからさ」

階段を下りて、渡り廊下から、別館のいちばん端にある古紙倉庫に向かう。

またこんなふうに仕事の話ができるなんて、あの逃避行のころには想像もできなかった。

　復帰から一ヶ月半、真昼くんは何事もなかったような顔で次々と仕事をこなし、前と変わらない完璧な『鈴木真昼』を演じ続けている。万引きや虐待のことなんて何もなかったかのようなその鉄面皮ぶりに、ネットでは『強ぇー！』『逆に惚れた』『優男と思ってたけど、けっこう根性あるな』とコメントが相次ぎ、むしろ以前より新しいファンを増やしていた。

　しかも時々、わざと少しメッキを剝がして、「俺、複雑な生い立ちなので……」と笑いをとったりする余裕まで見せていた。

　クラスでも、彼があまりにもこれまで通りに振る舞うので、周りのほうが騒いだり変に気を遣ったりするわけにもいかず、結局は何事もなかったような平穏な日常が流れている。

　倉庫に本を置き、私たちは来た道を戻り始めた。

　彼の手に一冊の文庫本があることに気がついた私は、「それ、何？」と訊ねる。

「ああ、これ？　さっき捨てるときに見つけてさ。気になるのがあったら持って帰ってもいいって先生が言ってただろ、だからありがたく頂戴してみた」

　彼が見せてくれた本は、川端康成の『雪国』だった。

　表紙をめくった彼が冒頭を読み上げる。

「国境の長いトンネルを抜けると雪国であった。夜の底が白くなった。……かっこいいよな、この書き出し」

　私は「うん、かっこいい」と頷く。

「読んだことなくても、最初の一文は誰でも聞いたことあるもんね」

「トンネルを抜けると、って何か、あのときのこと思い出すな」

「そうだね……」

そこで私たちは顔を見合わせ、同時に噴き出した。

「本当になんっにもなかったよな」

「見事になーんも変わらなかったね」

あの日、私たちが真っ暗闇のトンネルを抜けた先で見たものは、トンネルに入る前と何ひとつ変わらない、砂利道と田圃と山ばかりが広がる景色だった。

息をのむほど美しい景色も、道端に健気に咲く一輪の花も、特に何もなかった。ただ、夜が朝になっていただけ。

「意外とそんなもんなんだろうな」

真昼くんが感慨深げに言った。私も頷く。

彼の生活も、結局、前と何も変わらなかった。あの報道のせいで仕事がなくなってしまうといったこともなく（延期されていたＣＭや主演番組も無事放送された）、かと言っていい影響もさほどなく、前と同じように時間は日々流れていく。

「もう終わりって思うくらいの暗闇を抜けても、そうそう簡単に人生は変わらないんだよな。極端に悪くなることも、極端に良くなることも、意外とないもんだな」

そうだね、と相づちをうってから私は、

「……でも、心配してたようなやりづらさはなかったの？　よく今まで通りにできるね」

今だからこそ訊けることを問いかけてみる。彼はふっと笑った。

「そりゃまあ……最初は周りの人たちから変に気ぃ遣われてる感じがして、居心地が悪いなとか、やめたほうがよかったかなとも思ったけど……」

真昼くんはそこで言葉を切り、渡り廊下の窓の外を見つめた。

中庭には春の淡い陽射しが降り注ぎ、清潔な光に満ちて明るく輝いていた。桜の枝の先には花の蕾(つぼみ)が膨らみ始めている。

出ようか、と彼が言ったので、私たちは通用口から中庭に出て、春風に吹かれながらベンチに並んで座った。彼はひとつ伸びをしてから、静かに続ける。

「今、日本で何人の……何万人の子どもが、ガキのころの俺と同じような思いをしてるんだろう、ってよく考えるんだ」

私は声もなく頷(うなず)く。

先週、また虐待事件が報じられた。残酷な虐待を受けて命を失う子どものニュースが繰り返され、そのたびにみんな心を痛めるのに、それでも同じような事件はなくならない。

「俺さ、子どもを見かけるたびに、この子はちゃんと親に愛されて、大切にされて、たくさん抱きしめてもらえてるかな、って思いながら見てるんだ」

私も同じだった。真昼くんのことを知ってから、どうしても近所の子どもの様子に目が行くようになった。

「でも、虐げられてる子どもは、なかなか外になんて出てこない。出してもらえないし、出ようとも思わない。世間に何にも期待なんてしてないから。救いを求めたら、声を上げたら誰かが助けてくれるなんて、ちっとも思ってないし、思いつきもしないから。俺もそうだったからよく分かる」

悲しい言葉だった。でも、真実かもしれない。

見ず知らずの人が窮状に気づいて助けてくれることなんて、なかなかないのだろう。みんな自分のことで精いっぱいで、無関係な人に気を配るような余裕はない。

「あのとき俺が、もっと早く気がついて、たとえ無視されてしまうとしても、何人でも何回でも、諦めずに周りの大人に助けを求めてれば、弟は死ななくて済んだんじゃないかって、何回も考えたよ」

私は「そんなこと」と首を振った。

「真昼くんが悪いんじゃないよ。それだけは絶対にない」

自分を責めてほしくなくて必死に言ったけれど、彼は少し笑っただけだった。

彼はきっと、これからもずっと、弟の死を悔やみ続けるのだろう。私が何を言っても、自分を責めることはきっとやめられない。

「だから俺は、好奇の目に晒されながらでも、こうやってテレビに出続けることで伝えられるかなって思ったんだ。周りにいるかもしれない虐待されてる子どもを、どうか見逃さないでほしい、何か気になることがあったら、思い過ごしなんて思わずに、ひと言でいいから、ほんの些細なことでいいから、その子を救えるような行動を起こしてほしいっていうメッセージをさ。それが俺の使命だって考えるようになって、だからこれまでと変わらず活動できてるんだと思う」

「そういやさ」

私はもう何も言えず、静かに頷いた。私には彼を応援するくらいしかできることがない。

真昼くんがふと声の調子を変えた。

「影子がクロムについて調べてくれたから、俺も『影』って調べてみたんだけど」

「え……」

思いも寄らない言葉に、私は目を見開く。

「ほら、前に影子がさ、『影って言葉が名前に入ってるから、ずっと光の当たらない人生を歩む運命だ』とか言ってただろ」

「ああ、うん……」

「あれ、ずっと気になってて。だって、影子の親が、娘にそんな名前つけるか？　って思って」

真昼くんは私のお父さんを知っているから、そんなふうに考えたのかもしれない。私自身も、どうしてこんな名前なのか気になってはいたけれど、何だか怖くて聞けずにいた。

「それで調べて知ったんだけど、『影』って言葉には、暗いって意味だけじゃなくて、光って意味もあるんだな」

私は驚きに目を見張る。

「えっ、そうなの？」

真昼くんが深く頷いた。

「月影って言葉あるだろ。あれ、月の光って意味なんだって」

「ああ、確かに……」

そういえば古文でそんな単語を習ったような記憶があった。そのときはあまり気にしなかったけれど。

「だから、影子って名前は、光の子って意味でもある。お前の親は、そういうつもりでつけたんじゃないかなと思ってさ」

真昼くんは中庭の端に植えられた桜の木を見上げ、降り注ぐ光に目を細める。

「人はみんな、光の部分と影の部分がある。案外、お前のことを光だと思うやつもいるかもしれない」

私は思わず顔をしかめた。

「私が光？　いないでしょ、そんな人……」

すると彼がくすりと笑う。

「俺、前に言っただろ。影子はすごく普通で、それがいいなって」

「……言ったね」

苦い思い出が甦る。私は彼の言葉がひどく気に障ってしまい、嫌な態度をとってしまった。

「あれはさ」

真昼くんが少し口許を歪め、言いにくそうに、照れくさそうに呟いた。

「……あれは、俺のことを特別扱いする周囲と違って、影子は普通にそっけない態度で接してくれるから逆に落ち着く、って意味だったんだよ。図書委員になる前からずっとな」

「え……」

私は目を見開いた。まさかそんなふうに思ってくれていたなんて。私はどちらかというと、彼に対するコンプレックスから素っ気ない態度をとっていただけだったのに。

啞然としていると、彼は「恥ずっ」と笑ってから、淡い青空に向かって大きく伸びをして言った。

「俺はずっと《普通》に憧(あこが)れてたけど、でも、《普通》と《特別》って実は対義語じゃなくて、共存できるものだって、最近は思うんだよな」

「共存？　特別と普通が？」

「影子は自分のこと普通って言うけど、確かに一般的に言ったら普通なんだろうけど、でも、俺にとってはすごく特別だ。代わりがいないくらい、唯一無二の存在だ。だって、俺の本性に、影子だけは気づいたんだから」

今度こそ驚きの声を上げてしまった。

唯一無二？　私が？『その他大勢』の私が？　にわかには受け入れがたい言葉だった。

そんな私に、彼は深く頷いてみせる。

「ずっと押し込めてきた自分を解放できる場所をくれたから、すごく、特別な存在なんだよ」

「……私、自他ともに認める脇役キャラなのに、よりにもよって真昼くんの特別なんて、荷が重すぎるよ」

何だか気恥ずかしくて、おどけるように言うと、彼は少し考えてから、

「今一緒に仕事してる脚本家の先生が言ってたんだけどさ」

と口を開いた。

「映画の脚本を書くとき、主役は当然、台詞(せりふ)もない脇役まで全員分の脚本を書くんだって。その人だけの人生の脚本。生まれたときから死に様(ざま)まで、どんな人生を歩むか、性格、趣味、特技、家族構成、友人関係、進路、恋愛、全部考えて」

「え？　脇役の人の脚本も？」

「そう。そこまでやって初めて、ちゃんと人間を描けて、映画にも深みとか奥行きができるんだってさ」

「へえ……すごいね」

驚いたけれど、何となく理解できた。

どんな映画や小説でも、無数に出てくる脇役はみんな性格が違うし、言動も違う。その裏には、生まれ育った環境が透けて見える。そうでなければ、確かにつまらない物語になりそうな気がした。

「脇役にも人生があるし、そいつの脚本のなかではそいつが主人公なんだ。当たり前だけど」

真昼くんの言わんとすることが何となく分かってきて、何だか落ち着かなくなってきた。

「影子は、自分は一生脇役だって言ってたけど、脇役の何が悪いんだよ。脇役のいないドラマなんて成立しない。それに、そのドラマでは脇役でも、そいつのドラマの中では、そいつが主人公なんだよ。親がいて、友達がいて、恋人がいて……人生色々あって、苦しいこともつらいことも楽しいことも嬉しいことも、たっくさんある人生を送ってるんだよ。逆に脇役の人生にとっては、主人公のほうが脇役なわけだ」

彼は私をじっと見て言った。

「そして、その脇役に関わる誰かにとっては、そいつが誰より特別かもしれない」

「……うん」

私は最初から、特別になんてなれない、光のあたらない場所で影として生きる脇役なんだ、と諦めていた。だからいつまでも嫌いな自分のままだった。変わろうとしなかったから、変われなかった。

でも、見方を変えれば、そうだ。彼の言う通りだ。私の人生にとっては、間違いなく、私が主人公だ。そしてお父さんやお母さんの人生にとっては、たぶん私はなくてはならない重要人物だろう。

たとえ、他の大勢の人たちから見れば、名前も台詞ない村娘Bだとしても。

「……帰ったら、名前の由来、お父さんに聞いてみる」

私がぽつりと呟くと、真昼くんが「ぜひぜひ」と笑った。それから懐かしそうに目を細める。

「影子のお父さんに会いたいな。あのときの礼が、言いたい。助けてもらったのに、バタバタしててちゃんと言えなかった気がするから」

「うん。お父さんも会いたいと思う」

「今度、影子の家に挨拶（あいさつ）に行かせて」

その言葉に、「えっ」と頬が熱くなった。

「……お前、何で照れてんの？　何で何で？」

真昼くんが顔を覗（のぞ）き込んで、にやにやしながらしつこく訊ねてくる。

確信犯だな、これは。彼は私をどきどきさせることを楽しんでいるのだ。

「いや、うちに挨拶って……何か語弊が……」

もごもごと答えると、彼はあははと笑った。

「別に語弊じゃなくてもいいんじゃね？　影子さんと仲良くさせてもらってます、影子さんは僕の光なんです、って」

「何言ってんの、馬鹿じゃない……」

「まあ、正式な挨拶までは、十年……もしかしたら二十年くらい待ってもらわないといけないだろうけど。俺がアイドル卒業するまで」

私は思わずひゃっと息をのんだ。

「いやいやいや……何、正式な挨拶って……ほんと何言ってんの真昼くん……」

彼があんまりおかしそうに笑うので、私も堪（こら）えきれなくなって笑った。笑っているのに、涙が出そうになった。

今も目に焼きついている、今にも壊れてしまいそうに憔悴（しょうすい）しきっていた真昼くんの姿。

彼がこんなふうに笑えるようになったことが、泣きたいくらいに嬉しかった。

そして、彼が描く未来にどうやら私もいるらしいことが、無性に嬉しかった。


帰宅すると、お父さんがすでに仕事から帰ってきていたので、「そういえば」と訊ねてみた。

「私の名前って何で影子なの？」

お父さんは少し目を丸くしてから、やけに嬉しそうに、「父さんが若い頃に大好きだった本があってね」と照れくさそうに答えてくれた。

「何度も引越をしているうちにどこかへ行ってしまって、古い本で有名なものじゃないから今は本屋に行っても見つからないんだが、その本の中に『影子』という名前の女性がいたんだ」

お父さんは懐かしげに目を細めた。

「えっ、そうだったの？」

私は驚きの声を上げる。まさか小説の登場人物から採られた名前だとは。全然知らなかった。

「ああ。彼女の生き様が父さんは好きでね。控えめで奥ゆかしくて、思慮深くて芯が強くて、とても優しいんだ」

「…………」

それはずいぶんハードルが高い。

「影と言うと暗いイメージかもしれないが、光を際立たせるためには絶対になくてはならないものだろう。そういうふうに、誰かを支えてあげられるような、誰かにとって特別に大事な存在でいれば、きっとずっと周りから愛されるだろうと思って、女の子が生まれたら『影子』と名づけようと心に決めていたんだ」

そんなに深い思い入れのある名前だったとは思わなくて、何だか胸がじわりと温かくなった。

「そうだったんだ……。ありがとう、教えてくれて」

「いつ訊いてくれるか楽しみにしてたよ」

お父さんが嬉しそうに笑った。それから、

「もしかして真昼くんの影響かな」

とからかうように言う。

「もう、やめてよー」

私は頬を押さえて、「部屋で勉強する」と二階に逃げ込んだ。

机に座り、スマホを取り出して、小説サイト《アメジスト》のページを開く。そこに並ぶ無数の言葉たち。

言葉にはとても不思議な力がある。そして意味がある。人を傷つけてしまうこともあるけれど、人を救うこともある。真昼くんと関わり、彼とたくさんの言葉を交わした中で、それを学んだ。

特別な容姿や才能がなくても、誰かにとっての特別にはなれる。

誰かにとって《その他大勢》でも、他の誰かにとっては《唯一無二》かもしれない。

そして、彼のように脇目も振らずがむしゃらに努力すれば、誰だってなりたい自分になれるかもしれない。

真昼くんに教えられたことはたくさんあった。彼はきっと、自分の言葉がどれほど私に響いたのか、どれほど私の心を明るくしてくれたのか、知らないと思うけれど。

私は少し震える指で、スマホの画面をタップする。

【小説作成】。今まで何度も開いては閉じていた画面。でも、今ならできる気がした。

誰ひとり読んでくれなくたって、評価の星がもらえなくたって、別にいい。初めてなんだから、それで当然だ。かっこわるくも情けなくもない。

周りの目なんて気にしない。どう思われるかなんて考えない。

ただ、なりたい自分に近づくために、やってみたいと思うことをやってみる。

書きたいものを思い切り書くんだ。私の中にはち切れそうなほど溢れている言葉たちを、ちゃんと形にしてあげるんだ。

緊張と高揚の入り混じった不思議な気持ちで、頑張ろう、とひとり呟いた。

深呼吸をして、【最初の小説を書く】のボタンを押す。

タイトルは、もう決まっていた。

『ないものねだりの君に光の花束を』

そして、本文。プロローグという章を立てて、いちばん最初のページに、あの日からずっと胸にあった祈りを、願いを、言葉という形にして紡いでいった。


君のために、両手いっぱいの光の花を摘みに行こう。

そして、降り注ぐ光を集めたような、祝福の花束を君に贈ろう。

遥か遠くにあるものを求めてもがく君の、その心の隙間を少しでも埋めてあげたいから。

両手でも抱えきれないくらいの、大きな大きな光の花束を贈ろう。

ないものねだりの私から、ないものねだりの君へ。

新たな旅立ちへの祝福と、精いっぱいの祈りを込めて、輝く光の花束を。

私と真昼くんは、正反対だけれど、似たもの同士だ。

持って生まれなかったものに焦がれ、何とか手に入れたいと乞い、喉から手が出るほど欲しがっている。

それはとても苦しくて、立ち止まりたくなってしまうときもある。

ないものねだりの私たち。臆病で強がりで嘘つきな私たち。

でも、みっともなく足掻きながらでも、ひたすら前を見つめて歩き続ければ、いつか辿り着くことができるかもしれない。いつか溢れるほどの光が降り注ぐかもしれない。

もしも願いが叶わなかったとしても、その歩みはきっと無駄にはならないはず。遥かな道のりの間に得たものや、出会いは、きっと自分の糧になる。

そんな思いを込めて、指先で言葉を綴る。

新しく開いた扉から、眩い光が溢れ出した。

あとがき

この度は、数ある書籍の中から『ないものねだりの君に光の花束を』を手にとっていただき、誠にありがとうございます。本作は私にとって節目となる十作目の書籍であり、ここまで続けてこられたのはひとえに読者の皆様の応援のおかげです。心より感謝いたします。

人間というのは、ないものねだりをする生き物だと思います。少なくとも私に関して言えば、これまでずっとしてきたし、今でもしているし、これからもしてしまうのだと思います。

あの人は私より可愛(かわい)い、スタイルがいい、髪が綺麗(きれい)。私もあんなふうになれたらいいのに。

あの人は私より勉強ができる、運動神経がいい、絵が上手(うま)い、歌が上手い。羨(うらや)ましい。

あの人は私より友達がたくさんいる、皆に可愛がられる、先生に褒められる。妬(ねた)ましい。

ないものねだりは、きっと、「自分と他人を比較する」ことから生まれるのだと思います。

全てにおいて誰より優れている人間なんていないでしょうから、比べれば必ず自分の欠点を見つけてしまうことになり、そうすれば自然と、羨望(せんぼう)や嫉妬(しっと)の眼差(まなざ)しを向けてしまうでしょう。

(ここからは少し本編のネタバレになってしまうので、未読の方はご注意ください。)

本作の主人公・影子(えいこ)も、まさにそういった感情に支配され、自分で自分の首を絞めています。

その嫉妬の対象は、誰からも愛されて全てを持っている特別な存在(だと彼女が思っている)

真昼(まひる)。彼と比較すればするほど、自分の嫌な部分ばかりが目について苦しむことになります。

　でも、人が自他を比べるときは、たいてい相手の優れた部分ばかりに焦点を当てて、それ以外は見ていないのだと思います。自分が羨ましく思う相手にだって欠けているものがあり、それを羨望しているかもしれないのです。人と人は、単純に比較できるものではありません。

　そして人は逆に、相手の悪いところばかりを取り上げて、自分の欠点や過ちなどは棚に上げて相手を激しく批判してしまうこともあります。昨今よく目にするインターネットでの炎上問題の原因は、まさにそれなのではないかと感じます。行き過ぎた批判の対象は、スキャンダルが発覚した芸能人であったり、事件や事故に関係する一般人であったりしますが、とにかくそういった「何か不備のあった」人間を見つけると、無関係な人々までもが寄って集(たか)って、相手が潰(つぶ)れるまで石を投げつける、あの様子は傍(はた)から見ていても胸が苦しくなります。冷静な議論は大事ですが、感情的な罵倒(ばとう)はなんの発展にもつながらず、ただただ相手を傷つけるだけで終わるでしょう。

　人の長所ばかりを見て自分を卑下して苦悩したり、自分の短所を棚に上げて相手を傷つけてしまったり、そんな悲しいことが少しでも減ってくれればいいな、という思いを込めて、この作品を書き上げました。ひとつでもいいので読者の皆様の心に響く言葉があれば幸いです。

二〇二〇年六月　汐見夏衛

本書は書き下ろしです。

ないものねだりの君に光の花束を

2020年 6月18日　初版発行
2022年 9月5日　10版発行

著者／汐見夏衛

発行者／堀内大示

発行／株式会社KADOKAWA
〒102-8177　東京都千代田区富士見2-13-3
電話　0570-002-301（ナビダイヤル）

印刷所／大日本印刷株式会社

製本所／本間製本株式会社

●お問い合わせ
https://www.kadokawa.co.jp/（「お問い合わせ」へお進みください）
※内容によっては、お答えできない場合があります。
※サポートは日本国内のみとさせていただきます。
※Japanese text only

定価はカバーに表示してあります。

ISBN 978-4-04-109134-0　C0093